과학을 이끄는 나침반

대덕연구단지 에피소드

과학을 이끄는 나침반

대덕연구단지 에피소드

이규호 지음

한나래플러스

과학을 이끄는 나침반
대덕연구단지 에피소드

2023년 11월 23일 1판 1쇄 박음
2023년 11월 30일 1판 1쇄 펴냄

지은이 | 이규호
그림 | 장숙영
펴낸이 | 한기철 · 조광재

편집 | 우정은 · 이은혜
디자인 | 심예진
마케팅 | 신현미

펴낸곳 | (주)한나래플러스
등록 | 1991. 2. 25. 제2011–000139호
주소 | 서울시 마포구 토정로 222, 한국출판콘텐츠센터 309호
전화 | 02) 738–5637 · 팩스 | 02) 363–5637 · e–mail | hannarae91@naver.com
www.hannarae.net

ⓒ 2023 이규호
ISBN 978–89–5566–309–9 03810

* 이 책에 사진을 제공해주신 한국화학연구원과 연구개발특구진흥재단에 감사드립니다.

추천의 글

이 책은 연구자와 기관장 그리고 세 자녀를 둔 아버지로서 성실히 살아온 한 개인의 기록이며, 과학기술을 사랑하는 마음으로 치열하게 살아온 한 화학자의 역사이자 대덕연구개발특구 40여 년의 기록이다. 이 책이 널리 읽혀 세대교체 중인 과학 현장에 세대 간의 이해를 높이는 자양분이 되길 응원하며, 50주년을 맞은 대덕연구단지가 선배의 당부를 통해 새로운 50년의 대덕연구단지의 미래를 생각해볼 수 있는 계기가 되길 바란다.

김장성
한국생명공학연구원장, 대덕연구개발특구기관장협의회장

화학연구원과 대덕연구단지에 대한 애정이 묻어나는 책이다. KAIST 석사과정 졸업 후 화학연구소로 입소하여 지금까지 40여 년 화학연구원과 대덕연구단지와 인연을 맺고 있는 저자가, 대덕연구단지 50주년을 맞아 그동안의 에피소드와 미래 발전 방향에 대한 소고를 정리한 책이다. 화학연구원장과 대덕클럽 회장을 역임한 오피니언 리더답게 출연연의 위상과 역할에 대한 의견을 피력한 마지막 장이 특히 돋보인다.

오세정
전 서울대학교 총장, 전 기초과학연구원장

'대덕연구단지 50년'은 한국 과학기술 발전의 역사 그 자체다. 대덕에서 연구원으로 평생을 바친 저자가 담담하게 펼친 에피소드는 독자에게 과학자의 소신과 감수성을 가감 없이 전달한다. 대한민국 과학기술의 또 다른 도약을 준비하는 모든 연구원 가족들에게 일독을 권한다.

최양희

한림대학교 총장, 전 과학기술정보통신부 장관

이규호 박사님은 자신의 커리어 기간의 대부분을 대덕연구단지에서 보낸, 많은 출연연 연구원들의 대표 격인 분으로 출연연과 연구단지에 대한 깊은 애정을 가진 분이다. 10년 전에 나온 《과학을 이끄는 나침반》은 한국화학연구원에 근무한 후 정년에 즈음하여 연구소와 연구단지에서 있었던 소소한 일들을 기지 넘치는 시각으로 보고 적은 수필집이다. 많은 이들에게 잔잔한 감흥을 주었던 이 책이 어느덧 세월이 지나 나이에 맞추어 손질을 한 후 개정판으로 다시 찾아왔다.

대덕연구단지에서 정년을 하였어도 연구단지를 떠나지 못하는 연구자들이 상당수에 이른다. 그들의 머리는 세월의 흐름 속에 하얗게 세했지만 그들은 아직 현역인 것처럼 연구소 일을 걱정한다. '과학에

는 국경이 없지만 과학자에게는 국경이 있다'라고 했던가? 나침반을
만들어낸 과학도 방향을 제시해줄 나침반을 필요로 한다. 서로를 향
한 따뜻한 보살핌이 거대한 과학의 행로를 밝혀주는 것은 아닐까.

유장렬

한국과학기술한림원 과학기술유공자지원센터장

전 한국생명공학연구원 책임연구원

머리말

대덕연구단지와 인연을 맺은 지 40여 년이 지났다. 몸담아온 오랜 기간 내가 한 일이 무엇인지 돌아보면 '열심히 한다고 했으나 내 역량이 부족했구나' 생각될 때가 많다. 그럼에도 대덕연구단지는 언제나 내 생활의 중심이었다.

2012년에 그동안 연구소 생활을 하면서 경험한 일들과 연구자로서의 삶을 함께 정리하여 《과학을 이끄는 나침반》을 출판하였다. 비록 개인의 수필집이지만 이 책을 통하여 대덕연구단지를 알게 되었다는 이야기를 들을 때면 보람을 느꼈다.

그래서 지난번 출판 이후 10여 년간 변화와 경험한 내용들을 추가하고, 무엇보다 50주년을 맞이하는 대덕연구단지가 대한민국 미래의 희망으로 더욱 발전하기를 바라는 마음에서 내용을 보완하고 부제목을 '대덕연구단지 에피소드'로 하여 이번에 개정판을 내게 되었다. 대덕연구단지가 좋은 방향으로 발전하는 데 조금이라도 도움이 되면 좋겠다.

대덕연구단지가 100주년을 맞이할 때는 지금보다 훨씬 더 나아진 모습으로 남아 있기를 바라며 그동안 출연연과 대덕연구단지를 위해 애쓴 모든 분들, 함께 연구해온 동료들에게 감사의 마음을 전한다. 아울러 지난 글들을 다시 정리하고 보완해 개정판이 나올 수 있도록 도와준 분들에게도 감사의 인사를 보낸다.

2023년 11월

이규호

차례

1 대덕연구단지 50년

2 연구의 동반자들

3 과학을 이끄는 나침반

1
대덕연구단지
50년

대덕연구단지 50주년

　대덕연구단지가 있는 대전은 과학기술의 도시로 불린다. 정부 출연연구소와 민간연구소, 과학기술 기반의 벤처기업이 다른 어느 도시보다 많이 위치해 있어서 이러한 이미지를 자연스럽게 지니게 된 것 같다. 정부의 여러 기관이 대전과 그 옆에 인접한 세종시로 이전함에 따라 이곳은 국가의 중추적 장소로 자리매김하게 되었다.

　더욱이 2011년 국제과학비즈니스벨트의 거점 지구로 결정됨에 따라 대덕연구단지는 연구개발, 신기술, 신산업 창출에 뿌리 역할을 하게 될 전망이다. 이러한 의미에서 현재 6만여 명의 과학자가 집결해 있는 대덕연구단지는 명실상부한 한국 과학기술의 중심지임이 분명하다. '대덕연구단지가 앞으로 국가 발전을 위해 어떤 역할을 해야 할까'는 현재진행형인 과제로, 이제 50주년을 맞이한 시점에서 확고한 발전정책을 세워야 한다.

　그동안 대덕연구단지는 대덕연구학원도시, 대덕밸리, 그리고 대덕연구개발특구로 명칭을 달리하며 그 성격이 조금씩 바뀌어 왔다. 대덕연구단지에 많은 기업연구소와 벤처기업들이 정부출연 연구소와 함께하게 되면서 연구교육 중심에서 기업화나 상용화 쪽으로 기울게 되었다. 이제 다시 한 번 대덕연구단지의 지난 발자취를 되돌아보고 그동안의 공과를 냉정히 살펴보아야 할 때다. 대덕연구단지가 국가를 위해 그 역할을 지속적으로 제대로 수행하기 위해서 앞으로 무엇을 어떻게 해야 할지, 활발한 논의와 공감대 형성이 시급히 필요하다. 원천 연구와 교육이 흔들리지 않게 확고한 기반을 마련해주면서 기업화와 상용화가 이루어지는 이중 시스템을 갖추어야 한다.

올해(2023년) 대덕연구단지 50주년의 의미는 미래 50년을 내다보며 다시 한 번 국가 과학기술의 앞날을 제시하는 프로젝트로서 방향을 세우는 일이다. 그간 대덕연구단지는 우수한 연구성과를 만들어내며 우리나라의 경제발전에 큰 역할을 해왔다. 그러나 국내 유수의 대학과 연구기관이 있어도 과학기술 분야의 젊은 인재들이 삶의 터전을 서울·수도권으로 향하는 현실은 대덕이 발전하기 위해 핵심적으로 고민해야 할 문제이다.

대덕연구단지가 국가 성장 동력으로서 지속적으로 발전하려면 무엇보다 우수한 인력들이 이곳으로 유입되어 인재를 키우고 공급하는 저수지 역할을 계속 해야 한다. 그런데 안타깝게도 이러한 중요한 문제는 그저 얘기만 무성할 뿐이다. 이러한 문제를 해결

대덕연구단지 전경. 올해로 50주년을 맞은 대덕연구단지는 앞으로 어떠한 길을 걸어가게 될까. 앞으로도 한국 과학기술의 중심지로서 연구개발, 신기술, 신산업 창출에 뿌리역할을 하기를 기대한다. 그리고 과학기술 분야의 인재들이 이곳에서 자신의 능력을 한껏 펼칠 수 있기를 소망한다.

하기 위해 대덕연구단지 내의 분위기가 초창기의 열정으로 돌아가 유지되어야 하고 교육시설, 문화시설, 의료기관 등의 생활기반시설과 외국인을 위한 숙박시설, 국제회의장 등 도시 국제화를 위한 시설을 재정비하고 확충해야 한다. 특히 지금처럼 난개발이 안되도록 방지하는 조치가 꼭 필요하다. 아울러 연구개발을 통한 신기술, 신산업 창출 중심지로 육성하기 위하여 산학연 협업과 기관 간 융합연구, 벤처기업에 대한 세제 및 행정 지원, 외국인 출입 지원 등의 시스템이 효율적으로 체계를 잡아 운영되어야 한다.

새로운 50년을 바라보며 장기적으로 추진할 대덕연구단지 종합발전계획을 세우고 이를 추진하기 위한 거버넌스로 대전시, 특구진흥재단, 출연연, 대학, 기업들이 참여하는 공동협의체를 만들어 주기적으로 추진 상황을 공유하고 문제점을 해결해나가면 좋을 것이다.

50년의 세월 동안 연구 기능을 갖춘 특성화된 곳으로 자리 잡은 대덕연구단지는 앞으로도 어떤 상황으로든 존재할 것이다. 그렇지만 지금까지처럼 점점 열악한 방향으로 변화해간다면 결국 나라 전체에도 영향을 미치게 될 것이다. 대덕연구단지의 견고한 발전이 우리나라 발전의 원동력이 될 수 있다. 과학기술 중심의 국정운영 방향과 긴밀히 연계하여 정부와 대전시가 대덕연구단지 구성원들과 함께 현실적인 종합발전계획을 마련하고 꼭 실현해가길 바란다.

초대 과학기술처(현 과학기술정보통신부) 장관으로 재임한 최형섭 박사는 대덕연구단지에 대한 그의 몇 가지 생각을 회고록《불이 꺼지지 않는 연구소》에 다음과 같이 적었다.

> "먼저 멋진 건물이나 값비싼 시설을 생각하기에 앞서 우수한 인력의 확보와 올바로 연구하는 기풍을 마련하는 일이 무엇보다 중요하다는 점이다. 허름한 건물이나 시설에서도 열의와 성의를 다하는 연구원들이 있음으로써 뛰어난 업적들이 쌓이는 외국의 사례를 진지하게 생각해볼 때다. 어떤 곳이건 미련할 정도로 밤낮없이 연구하는 연구원들의 자세가 선행되어야 함은 내가 늘 강조하는 것이다.
> 두 번째로는 연구단지의 특성을 최대한 살려 자율적인 협동체제가 확립되어야 한다는 것이다. 연구 인력의 효율적인 이용과 연구소 간의 다양한 교류를 통한 과학기술의 발전이라는 본래의 구상을 실현하기 위해서는 각 연구소가 보유한 능력을 유기적으로 연계할 수 있는 체제가 필요하다. 형식상의 교류가 아니라 내용상으로 연관을 맺을 수 있도록 해야 할 것이다. 그리고 이 체제는 자율적으로 운영되어야 한다."

최형섭 박사가 구상했던 초창기 대덕연구단지는 여러 전문 분야의 과학자와 기술자가 두뇌 집단을 형성해 협동연구를 진행할 수 있도록 도시 공간을 구성·배치한 곳이었다. 이로써 연구하면서 생활하고, 생활하면서 연구하는 이른바 '연구의 생활화'가 이루어지는 연구학원 도시였다. 대덕연구단지는 이 점을 간과하지 말고 그 구상이 실현되도록 힘써야 한다.

대덕연구단지와의 인연

내가 화학연구원(당시 화학연구소)과 처음 인연을 맺은 것은 1976년 12월의 어느 날, KAIST(당시 한국과학원) 졸업을 앞두고 진로에 대하여 여러 생각을 하던 때였다. 같은 과 동기들은 이미 KIST, 국방과학연구소, 표준연구소 등으로 진로를 결정하고 있었고, 나 역시 전공분야 공부를 더 하기 위하여 기업이나 대학보다는 연구소를 생각하고 있었다. 당시 서울대학교 문리과대학이 있던 동숭동 근처의 학림 다방에서 가끔 친구들을 만나곤 했는데, 그날도 친구들을 만나 졸업 후 계획과 여러 이야기를 나누고 돌아오는 길이었다. 문리대와 법대 사이에 있던 공업시험원(현 기술표준원) 옛 건물을 지날 때 정문 앞에 붙은 작은 안내판이 눈에 들어왔다. 거기에는 한국화학연구소의 사무실 위치가 안내되어 있었다.

화학을 전공한 사람으로서 진로를 고민하던 중이라 '화학연구소'라는 이름에 자연히 관심이 갔다. 무작정 사무실을 찾아가 방문한 이유를 말하고 자기소개를 하니 당시 이태현 부소장께서 반갑게 맞아주었다. 그는 연구소의 설립계획과 화학 전문연구소로서 그 역할에 대해 설명해주었다. 연구소로 오라는 제안을 받은 며칠 후, 당시 성좌경 소장을 만나 인사를 하면서 화학연구소에서 일하기로 즉석에서 결정이 되었다. 당시는 KAIST 졸업생을 원하는 대학이나 연구소기업 등이 많아서 본인이 선택할 수 있는 여지도 컸다. 내가 화학연구소로 가기로 결정한 첫 번째 이유는 화학연구소가 우리나라 유일의 화학 전문 국책연구소가 될 것이라는 비전이 있었기 때문이다. 또한 초창기 연구소의 연구원으로 할 일이 많고, 배울 것도 많을 것 같다고 생각했기 때문이다. KAIST 졸업 전이었으나 새해(1977년) 첫 달부터 바로 연구소로 출근하기 시작했다.

처음에는 서울에서 화학연구소 설립에 필요한 여러 가지 준비 업무를 수행하다가 서동수 실장이 연구소에 합류하면서 연구 프로젝트를 시작하게 되었다. 서동수 실장은 전형적인 프로젝트 엔지니어로서 화학산업계의 폭넓은 인맥과 화학공정에 대한 해박한 지식을 지닌 사람이었다. 그는 화학연구소 첫 연구 과제인 '중화학공업 공정부산물의 재활용 방안에 관한 조사연구(전국경제인연합회의 의뢰)'를 수행하였는데, 나도 이 과제에 연구원으로 참여하게 되었다. 전국의 주요 화학공장을 다니며 각종 화학공장의 공정부산물을 조사하고 이들의 재활용 방안을 제안하는 사업으로, 우리나라 화학산업 전반을 파악할 수 있었던 매우 보람 있는 시간이었

2011년 가을 화학연구원. 40여 년 전 이곳과 인연을 맺은 후 대덕연구단지는 내 삶의 중심이 되었다.

다. 이 연구에서 제안한 여러 부산물 활용 방안이 훗날 여러 방면으로 실용화되기도 했다.

이후에는 청와대의 수도 이전 계획과 관련하여 새로운 도시의 쓰레기 처리 시스템을 연구하였다. 그리고 1978년 대덕연구단지에 연구소 건물이 준공되면서 대전으로 내려오게 되었다. 이것이 대덕연구단지와의 인연의 시작이다. 연구 담당 부소장으로 강홍열 박사가 귀국하면서 새로 만들어진 전기화학연구실에서 연구를 수행하다가 1980년 미국으로 유학을 가게 되었다. 3년 반 동안의 초창기 화학연구소 생활은 나에게 어렵지만 많은 경험을 하게 해준 귀중한 시간이었다.

미국 아이오와대학교(Univ. of Iowa)에서 박사학위를 끝내고 신시내티대학교(Univ. of Cincinnati) 분리막 연구센터에서 박사후 연구원 생활을 하고 있을 때, 화학연구소 이서봉 부소장이 방문해 만남을 가지게 되었다. 그는 내게 화학연구소에서 분리막 연구를 계속할 수 있는 연구조건을 제시하며 연구소로 다시 돌아올 것을 권유하였다. 이렇게 해서 1987년 미국에서 다시 대덕연구단지로 돌아온 이후 30여 년간 화학연구원에서 연구원으로 일하게 되었다. 그래서 한 직장에서만 평생을 보내게 된 셈이다.

마지막 3년은 원장으로 직무를 수행하였는데, 연구원 시절에는 보이지 않던 다양한 문제가 있는 것을 알게 되었다. 원장으로 지내는 동안 대덕연구단지 기관장협의회장도 맡아 대전시와 기관장 간 소통교류회 개최, 대전사이언스페스티벌과 세계과학문화포럼 개최 등, 대덕연구단지와 대전시의 교류 활성화에 힘썼다. 지금도 대덕에서 자문 및 사회 활동을 하며 지내고 있다.

대덕과 인연을 맺고 지금까지 40년 넘게 지내면서 열심히 한다고 해보았지만 '달걀로 바위치기'라는 느낌을 받았던 시간도 많았다. 내 역량이 부족하다고 느껴질 때도 많았지만 대덕연구단지는 언제나 내 삶의 중심이었고 항상 내 관심의 대상이었다.

연구단지
네거리에 서서

대덕연구단지의 구심점이 될 만한 모임 장소는 대덕과학문화센터가 사라짐과 동시에 없어졌지만, 중심은 여전히 도룡동 연구단지 네거리인 것 같다. 예전에는 네거리 위쪽의 산 아래 대덕과학문화센터가 사람들이 모여서 만나고 교류하는 구심점 역할을 하였지만 이제 그 기능을 상실하고 빈 건물이 된 지 오래다. 연구단지 초창기에는 그 네거리 중심에 우체국과 연구단지관리본부를 제외하면 건물들이 별로 없었다. 사람이 다니는 인도는 미처 포장이 되지 않아 비만 오면 진창이 되는 탓에 장화가 필요하던 동네였다. 그러다가 대전 엑스포가 열리는 즈음하여 잘 정비되고 대덕과학문화센터가 문을 열었다. 센터 뒤편 산에 민씨 문중 묘들이 있다. 이 묘들을 가리지 않게 건물을 짓는다는 조건으로 양도받은 땅이라 건물들이 높지 않게 지어졌다. 뒤로 병풍처럼 아담한 산이 보여서 건물은 보기에 안정적이고 주변 경관과 잘 어울렸다. 과학문화센터 건물 앞에서 보면 네거리가 내려다보이면서 양쪽으로 나지막한 건물들이 줄지어 있어 보기에도 편안한 느낌을 주는 곳이었다.

그곳을 둘러보며 이곳이 문화의 거리가 되면 좋겠다는 생각을 하였고 머잖아 연구단지의 얼굴 같은 장소가 될 것이라는 기대도 가졌다. 하지만 이곳은 이제 경제적 효용성만을 고려한 고층 건물들로 가득 차버리고 말았다. '대덕과학문화센터'는 폐허가 된 황량한 건물이 되어 기능을 상실하고 방치된 모습으로 서 있고 근처에 있던 '도예가의 집'도 사라지고 주상복합 지역으로 바뀌었다. 우체국과 어울리는 아담한 건물들이 그곳에 들어섰더라면 사람들이 많이 찾는 문화거리가 되었을 텐데…….

이 지역이 이렇게 된 것은 무엇보다도 대덕과학문화센터가 목원대학교에 매각되면서부터였다. 1998년 과학기술부(현 과학기술정보통신부)에서 대덕연구단지에 '창조의 전당 건립 계획'을 발표했다. 당시 대덕연구단지의 구성원들은 '창조의 전당'이 무엇인지 불분명하지만 연구단지를 위한 시설로 생각하고 환영하였다. 그러나 '창조의 전당' 건립 예산 마련을 이유로 대덕과학문화센터의 매각 문제가 대두되자 대덕연구단지 관리본부에 많은 반대 의견들이 전달되었다. 당시 과학문화센터는 연구단지에서 유일하게 공동 사교 활동을 할 수 있는 문화적 공간이었다. 카페와 식당들이 있어 함께 모여 차도 마시고 식사도 하며 담소할 수 있는 유일한 곳이었

연구단지 네거리. 네거리 위쪽 산 아래 위치한 대덕과학문화센터는 연구단지에 문화적 활기를 불어 넣어주던 곳이었는데, 상업적 이익에 떠밀려 그 모습을 잃어 참으로 안타깝다.

다. 과학문화센터와 함께 있던 호텔 맨 위층에는 갤러리도 있었다. 웬만한 시설을 모두 갖추고 있어 호텔에서는 학회나 결혼식 같은 행사를 하기도 했다. 또 공연이나 영화를 볼 수 있는 콘서트홀도 있어 연구단지에 활기를 불어넣었다.

특히 연구단지에서 오래 생활한 사람들에게는 대덕과학문화센터가 뜻깊은 추억이 많은 곳이기에 어떤 식으로 바뀔지 모를 매각을 막아달라는 의견들을 출연연연구발전협의회 앞으로 보내왔다. 그곳이 사라지면 연구단지를 떠나겠다는 이들도 있었다. 당시 출연연연구발전협의회 회장이었던 나는 대덕클럽, 여성과학기술인회 등의 과학기술단체 대표들과 함께 담당부처와 연구단지 관리본부에 매각 반대 의견을 전달하였다. 과학문화센터를 좀 더 넓혀 창조의 전당을 마련하면 이를 매각하지 않아도 되지 않느냐는 의견도 제시하였다. '창조의 전당'은 장기 방문자의 숙소(guest house), 연구단지 홍보관, 회의실, 세미나실, 벤처 사무실 등으로 활용하겠다는 것인데, 기존의 대덕과학문화센터를 증개축하면 될 것으로 보였다. 더 큰 규모의 창조의 전당이 필요하면 나중에 정부 예산을 확보해 건립하는 것이 순서인데, 잘 사용되고 있는 과학문화센터를 매각하여 유사한 기능의 건물을 짓는다는 것이 이해되지 않았다.

그러나 창조의 전당 건립 계획은 추진되었고 결국 대덕과학문화센터는 목원대학교에 매각되었다. 누구나 편하게 만나 소통하고 공연도 볼 수 있던 곳이 목원대학교라는 커다란 간판을 달고 접근할 수 없는 곳으로 바뀌어버리자 순식간에 일반인은 아무도 얼씬거리지 않는 죽은 공간이 되었다. 원래 목원대학교는 이곳에 예술대학을 옮기겠다는 계획으로 매입하였지만 이곳이 상업지역에 속해 교육시설로 활용하기 어렵다는 이유로 부동산 업자에게 매각하였다. 이후 부동산 업자가 고층 오피스텔을 지어 분양하려고 하자 높은 건물을 짓지 않는다는 조건으로 문중 땅을 내놓은 민씨 집안과 연구단지의 많은 사람들이 반대하였고 부동산 업체와의 계약 파기로 장기간 소송전이 계속되었다. 대덕과학문화센터 재창조위원회가 구성되어 대덕과학문화센터를 다시 살리려는 노력을 하였으나 여러 가지 사정으로 진전을 이루지 못하고 있다.

이제 형체만 남은 대덕과학문화센터 앞을 지나며 이끼가 끼고 녹이 슨 건물과 잡초만 가득한 주차장을 보면 누구나 마음이 편치 않을 것이다. 개인이든 기관이든 순간의 판단 잘못으로 이렇게 나쁜 결과를 초래할 수 있다는 예가 된 셈이다. 연구단지 네거리에 서서 지난날을 생각하니 쓸쓸한 감회에 젖게 된다. 올해 50주년을 맞게 된 대덕연구단지는 앞으로 어떠한 모습으로 변화하게 될까. 나를 비롯해 연구단지의 많은 이들의 추억이 깃들어 있는 대덕과학문화센터가 대덕연구단지를 상징하고 특구의 미래 비전을 담은 장소로서 다시 살아나길, 과학과 문화가 조화를 이루어 방문하는 이들이 편하게 머무를 수 있는 과학문화 시설로 재창조되기를 간절히 바란다.

연구자와 정치

연구현장에서 일어나는 문제들이 해결되기를 기대하며 밤새워 정리하고 건의했던 날들이 있었다. 돌아보면 차라리 그 시간에 다른 일을 하는 게 낫지 않았을까 하는 생각도 든다.

출연연 기관장 선임 과정을 선진화하자는 의견이 많았고 언론에서도 다룬 적이 있었다. 요지는 권력에 얼마나 가까이 있느냐가 기관장 결정의 최종 변수가 되면 안 된다는 것이었다.

> "선임 과정이 선진화되지 않으면 많은 사람들의 쓸데없는 시간과 노력의 낭비를 초래할 뿐이다. 기관장 선임 형식은 공모였으나 불행히도 실제로는 정부 주도의 낙점식 인사가 번번이 이루어졌다. 이로 인해 기관장 선임의 법적 권한이 있는 이사회는 결정권을 상실하고 거수기 모임으로 전락하였다."
>
> 〈디지털타임스〉, 2008. 8. 5.

기관장 선임은 절차적 정당성이 확립되지 않으면 연구소 운영에 악영향을 준다. 기관장을 선출하는 데 문제가 있었다고 그 과정을 비판하며 건의한 이런 의견은 받아들여 개선해야 하는 게 아닐까.

지난 2015년 정부에서 청년실업을 해소하기 위한 일자리를 만드는 방안으로 모든 출연연에 대하여 2년에 걸쳐 임금을 10%, 15% 삭감하는 임금피크제를 도입하였다. 1997년 IMF 외환위기 때 65세에서 61세로 정년이 줄었는데, 정년의 환원 없이 교수나 의사 등과 같은 전문직에서 제외되어 임금피크제 적용대상이 된 것에 대해 대부분의 연구원들이 부정적이었다. 정부에서는 받아들이지 않으면 차기년도 임금을 25% 삭감하겠다고 압박하며 임금피크제 도입에 대한 동의서 제출을 요구하였다. 연구소 운영진은 우수 인력에 대한 임금피크제 적용 제외 요청, 퇴직 후 근무방안 확대, 정년퇴직 일자 조정 등 대안을 마련하였지만 연구원들의 실망감을 막을 수가 없었다.

정부의 임금피크제 도입에 대하여 원장으로서 연구소 구성원들에게 담화문을 발표하였지만 공허하였다. 담화문의 마지막 부분을 소개한다.

"저는 이번 동의서 제출 요청을 TFT와 보직자 회의를 거쳐 결정하였습니다. 10월이 지나면 내년도 임금인상 25% 삭감이 있기 때문에 정부의 요청 기일에 맞추어 정부의 임금피크제 추진방침과 TFT에서 마련한 대안을 함께 설명하고 여러분들의 자율의사에 따라 동의서를 제출하도록 하였습니다. 노조와 연발협 그리고 모든 구성원들이 이에 대해 자유롭게 의견을 발표하도록 하고, 그 결과를 연구원의 뜻으로 받아들일 생각이었습니다. 그러나 노조에서 상의도 없이 원장 접견실을 점거하고 자유로운 동의서 제출을 막은 것에 대해서는 유감스럽게 생각합니다.

저는 우리 화학연구원 여러분들이 어느 기관보다 열정적으로 연구실을 지켜온 것을 알고 있습니다. 출연연이 자율성을 가지고 묵묵히 연구에 전념하고 있는 연구원들이 자긍심을 잃지 않도록 더 나은 연구환경, 계속 일하고 싶은 연구원을 만들기 위해 힘쓰겠습니다. 연구 수행에 불합리한 요인들을 개선하고 여러분들이 만들어낸 성과들이 활짝 꽃필 수 있도록 할 수 있는 일을 하겠습니다.

미래는 적극적으로 꿈을 꾸고 주도적으로 움직여나가는 자의 것입니다. 우리 자신이 미래의 주체가 되어 생명력이 넘치는 연구원, 미래 우리 후손들을 위한 장기적 비전을 이뤄나가는 연구원을 만들기 위해 공동의 목표와 가치를 가지고 맡은 바 연구와 업무에 매진합시다."

    지난 정부에서 추진한 '비정규직의 정규직화'도 연구원들의 입장에서는 다른 조직, 다른 환경과 동일하게 적용되어서는 안 되는 일이다. 비정규직이 정규직이 되는 것은 자연스러운 일이다. 그런데 앞으로 정규직으로 전환할 예정으로 여러 조건과 전공 등을 심각하게 따져서 뽑은 경우와, 그냥 임시로 일정 기간 동안 연구 인력이 필요해서 보충한 경우는 같은 비정규직이라는 단어를 써도 전혀 상황이 다르다. 임시 인력으로 일하다가 정부의 정책으로 운 좋게 갑자기 정규직이 되었어도 실력이 있는 사람들이 있다. 그렇지만 정해진 인원(TO)밖에 없으므로 국내나 미국 등 해외에서 박사학위를 받고 박사후연구원(post-doc) 생활을 하면서 국내 연구소에 자리가 나기만을 기다리고 있는 많은 사람들에게도 이들과 같이 경쟁할 수 있는 기회가 주어져야 공평할 것 이다. 출연연 구소는 국민 세금으로 운영하는 기관이니 한 명의 인원을 모집할 때에도 최선의 인재들이 공정하게 경쟁할 수 있어야 나라의 발전을 위해 좋은 게 아닌가.

    이번 정부 역시 연구현장과는 어떠한 소통도 없이 대통령의 한 마디에 급작스럽게 국가 연구개발(R&D) 예산의 대폭 삭감을 발표하였다. 출연연을 포함한 과학기술계는 일방적 삭감 조치에 당연히 반대하고 나섰다.

    이런 불합리한 일들이 여러 정부를 거쳐 반복적으로 일어나는 이유는 무엇인가? 부당한 정치적 요구를 막아줘야 할 담당부처인 과학기술정보통신부(과기부)가 오히려 나서서 이런 일을 추진하는 이유는 무엇일까? 문제가 있는 것을 알면서도 정치적인 이유에서 부처를 먼저 생각하는 것인지, 소위 관료주의라는 것인지, 출연연의 경쟁력을 약화시키는 이런 일들이 지속적으로 시행되는 이유에 대해 여러 생각이 든다. 과기부는 출연연과 긴밀히 협력하고 지원해야 하는 데 그러지 않는 거 같다.

최근 맨해튼 프로젝트의 과정과 뒷이야기를 다룬 영화 〈오펜하이머(Oppenheimer)〉를 보면서 과학자 그룹을 이끌어가는 주인공 오펜하이머 뒤에서 프로젝트를 지원하는 공동책임자 그로브스 장군의 역할이 매우 인상적으로 다가왔다. '이것이 바로 과기부가 해야 할 역할이 아닐까' 하는 생각이 들었다.

최형섭 초대 과기처 장관도 회고록에서 다음과 같이 부처의 역할을 서술한 바 있다.

> "연구관리의 기본 철학은 자율성의 보장이다. 이런 맥락에서 생각할 때 과학기술행정의 근간은 통제가 아니라 지원이다. 원래 관청이라는 데는 감독기능을 강조하게 마련이라 과학기술처도 이에 준해서 감독관청 행세를 하려고 한다. 과학기술은 범부처적인 것이다. 때문에 과기처의 기능은 과학기술에 관한 정책 수립, 계획 작성, 부처 간의 조정과 실천을 위한 진흥업무 네 가지로 대분된다. 관료들의 일반적인 관념은 '조정과 통제'로 흐르기 쉽다. 그러나

나는 언제나 과학기술행정은 '조정과 지원'이 그 원칙이
라고 주장해왔고 이를 그대로 실행하려고 애써왔던 것이
다."

사피 바칼(Safi Bhacall)이 쓴 책 《룬샷(Loon Shots)》을 보면, 미
국 과학 발전의 토대를 마련한 버나버 부시(Vannevar Bush)가 2차
대전 중 서로 다른 조직인 과학자 그룹과 군 조직을 규합하여 새
로운 군장비들을 성공적으로 개발하는 데 활용한 '상분리(phase
separation)와 동적 평형(dynamic equilibrium)' 방법을 잘 설명하
고 있다. 과학자 그룹의 독립성을 보장하면서도 군과의 협조 관계
를 잘 정립한 것이다. 이 책을 보면서 우리나라 과학기술을 이끌어
갈 출연연과 과기부의 관계에 대해 생각했다. 출연연의 역할과 과
기부의 역할을 분명히 하여 각자 고유의 역할을 하되 상호 긴밀한
소통이 필요한 것이다. 즉 출연연에 근무하는 연구자와 부처 공무
원의 관계는 매우 긴밀하면서도 서로 각자의 역할을 존중해야 할
것이다.

국민 소득이 어느 정도 수준에 이르면 이공계 지원율이 감소한
다는 통계가 나와 있다지만 우리나라는 사정이 다르다. 우리나라
는 우수한 인력이 계속 이공계로 유입되어야 경쟁력을 지니고 살
아남을 수 있는 나라이다. 예전에 국가대표팀 축구감독 히딩크가
돈만 쫓는 서구의 선수들과 달리 나라를 위해 헌신하는 우리나라

선수들의 순수한 모습에 큰 감동을 받았다고 했다. 출연연 연구자들에게서도 그런 일면을 발견할 수 있다. 물질적 가치보다 정신적 가치를 더 높이 두고 추구하는 연구자들이 많이 모여 있는 곳이 출연연이라고 감히 이야기하고 싶다.

개인의 유익을 위한 정치 지향적 연구자도 있을 수 있다. 그런데 연구를 더 잘하기 위해서 생각하고 제안하는 것이 어떤 이들에게는 정치적 행위로 보여지나 보다. 그렇다면 이러한 문제는 정치하는 사람들에게 맡기고 연구자는 연구만 열심히 해야 할까? 그럴 수 있다면 좋겠지만, 가만히 있다 보니 점점 더 열악한 환경이 되어간다. 연구를 좀 더 잘할 수 있는 환경도 그냥 주어지는 것이 아니라 어떻게든 그럴 수 있는 환경을 만들기 위해 마치 쟁취해야 하는 것처럼 상황이 되어가고 있으니 말이다. 이게 정치구나 하는 생각이 들 때도 있다.

만약 정치는 정치가가 하고 연구는 연구자가 하고 이렇게 분업이 잘된다면, 연구자는 연구에만 전념하면 될까? 결코 그렇지는 않을 것이다. 환경은 언제나 변화무쌍하게 바뀌고 문제는 항상 발생한다. 이러한 상황을 지속적으로 알리고 적합한 환경이 될 수 있는 소통의 방안을 마련해야 한다. 연구자들이 정치인들을 만나 소통하고 공감대를 형성하는 것은 쉬운 일이 아니지만, 싫어도 피하지 말고 노력하다 보면 아주 어려운 일도 아닐 것이다. 서로 소통할 수 있도록 끊임없는 시도가 필요하다. 그동안 출연연의 여러 문제에 대해 우리 연구자들이 현장의 의견을 모아 개선하기 위해 좀 더 노력했다면 출연연은 많이 나아졌을 것이다. 그런 의미에서 우리 연구자들도 정치 감각을 키워야 할 것 같다. 나쁜 뜻의 정치 감각이 아니라 소통하는 능력 말이다.

연구소와 노조

　화학연구원 원장으로 지내면서 가장 이상하게 생각한 것은 노동조합(노조)과 노사협약이라는 것이었다. 나의 원장 임기 동안 화학연구원 노동조합의 구성을 보면 행정직, 기능직, 비정규직이 대부분이고 연구원들이 일부 참여하고 있었다. 노조 대표는 노조위원장과 부위원장을 포함한 노조 임원, 사용자 측 대표는 원장과 부원장을 포함한 보직자들이다.

　공무원 노조, 교사 노조도 있으니 연구소에 노조가 있는 것은 자연스러운 일이다. 연구소의 노조 활동이 오래된 만큼 그동안 노조가 생겨서 이룬 업적, 개선된 정책을 총망라한 노조백서가 생길 때도 되었다. 그렇다면 그걸 보면서 연구소의 미래를 함께 고민하고 미래의 정책을 세우는 데 도움이 되는 방향으로 참고할 수 있을 것이다.

　임금피크제 문제가 생겼을 때 원장 접견실을 노조가 점거하여 연구소 밖에서 근무하라는 전화를 받은 적도 있다. 이러한 행동은 노조 조직이 뭔가 보여주려는 행동이라고 한다. 초반기에는 노조가 연구소 운영에 협조적이었으나 후반기에 레임덕 현상인지 코앞에 현수막을 크게 걸어놓고 출퇴근 길에 보게 하는 시도도 하였다. 인간들이 덧없게 느껴지는 유치한 행동들도 많았다.

연구원들은 이를테면 교육받은 점잖은 사람들로 남아 있고 싶고 거칠게 맞닥뜨려야 하는 이런 일들을 피하려다 보니 문제가 해결되지 않는 것 같다. 원장들은 노조의 이런 망신 주려는 행동, 원장 길들이기에 굴해서는 안 된다. 또 연구원들이 할 말을 안 한다고 그 내용을 모르고 있어서도 안 된다. 말하지 않아도 가능한 진실을 아는 것이 중요하다. 진실이 겉으로 보이는 사실과 다른 경우에도 핵심을 빨리 파악해야 한다.

한쪽에서는 억울함의 호소이지만 상대 다른 쪽에서는 망신 주기, 인격 살인이라고 느끼는 상태로 계속 가는 것은 연구 분위기를 훼손할 뿐 아니라 연구소와 노조 간의 골만 깊어질 뿐이다. 이제는 정신 차리고 혼란을 벗어나려는 자각을 가지고 성숙한 조직원으로서의 태도를 가지려고 애써야 할 시점이 되었다고 본다.

상대방의 상황도 이해하고 따뜻한 마음까지는 못 가진다고 하더라도 냉정하게 최선의 방향을 찾아 우리가 함께 있는 삶의 터전이 흔들리지 않도록 노력해야 한다. 갈 데까지 가서 서로 고소하는 등으로 한 직장 안에서 이성을 잃는 일이 발생하지 않아야 하겠다. 연구에 집중할 수 있는 환경을 만들어 연구단지에서 진지하게 연구하는 과학자들이 업적을 남길 수 있게 도와주는 것, 그것이 궁극적으로 다 같이 살아남는 길이다.

연구원들의 모임인 출연연구발전협의회총연합회(현 출연연과학기술인협의회총연합회)에는 현재 22개의 연구소에 2,600명의 연구원이 소속되어 있다. 이 협의회가 가끔 노조로 전환하겠다는 의견을 낼 때가 있다. 연구원들은 각자 엄청난 정신노동과 함께 밤을 새워 실험실에 붙어 있어야 하는 심한 육체노동도 겸하고 있다. 문제는 이러한 연구원들의 불만사항을 대변해주는 창구가 없다는 것이다. 공무원 노조도 교사 노조도 있으니 연구원 노조도 주장하게 되는 것이다. 개개인의 전공이 다른 연구원이라는 직무에 노조가 주장하는 대로 단순 적용이 되니까 연구원들도 따로 자신들의 주장이 반영되는 노조를 만들겠다는 데 뚜렷한 이의를 제기할 수는 없다.

그런데 문제는 겉보기보다 훨씬 복잡하다. 연구원들의 상황은 이해하지만, 연구원의 창의성이라는 것은 노조에 들어가면 그 순간부터 더 자유롭게 발휘되지 못할 수 있다. 개개인의 사고가 자유롭게 보장되어 창의적 연구를 지향할 수 있는 연구환경으로 변화되면 좋겠지만, 집단에 밀리면 개인의 창의적 환경은 언제나 도전받게 된다.

과학자들이 마음껏 연구하고 대우받고 존중받는 일이 국가 통치자의 보호 없이도 일관성 있게 가능해지려면 어떤 정책이 필요할까? 정말 연구 이전의 연구가 많이 필요한 분야라고 생각한다. 원장과 경영진은 개개의 연구원들이 연구에 집중하면서 자신의 능력을 한껏 발휘할 수 있는 환경을 보장해주는 것을 늘 최우선 과제로 삼아 연구환경을 방해하는 도전들을 이겨내야 한다.

대덕연구단지의
오피니언 리더들

대덕클럽은 대덕연구단지 전·현직 기관장이나 주요 연구원들을 중심으로 모인 사단법인 형태의 민간클럽이다. 대덕연구단지를 포함한 국가과학기술 정책의 오피니언 리더(opinion leader) 역할을 하는 것이 이 클럽이 지향하는 바이다. 나도 대덕클럽의 활동에 관심을 가지고 참여해왔고 회장직을 맡기도 하였다. 우리나라 과학기술의 발전을 위해 과학자들의 아이디어와 지혜를 모아 미래지향적 정책을 제시한다는 클럽 이념이 제대로 지켜지도록 노력하고 있다.

신뢰할 수 있는 위치에 있는, 바람직한 의견을 지닌 사람들이 200여 명 회원으로 참여하고 있는 대덕클럽은 그동안 과학기술 중심의 국정운영 방안과 같은 정책적 제안을 하고, 회원 간의 공감과 소통을 도모하는 데 많은 시간을 보내왔다. 이러한 활동의 일환으로 대덕클럽에서는 오래전부터 국내 지도급 인사들, 과학기

대덕클럽 월례회. 대덕연구단지의 발전방안 및 국가과학기술 정책 제시 등을 목표로 모인 대덕클럽이 오피니언 리더로서 그 역할을 충실히 감당해내기를 기대한다.

술산업 분야의 리더들을 초빙하여 강연과 토론을 진행하고 청중 의견을 수렴하는 포럼을 개최해오고 있다. 목적은 우리나라 차세대 성장 엔진인 대덕의 중요성과 역할에 대한 비전을 바로 세우기 위한 것이다.

출연연구발전협의회총연합회(현 출연연과학기술인협의회총연합회)는 각 출연연구소에 구성된 연구발전협의회의 연합회다. 한국과학기술연구원(KIST)의 어용선 박사가 초대 회장으로 KIST, 화학연구원, 표준연구원, 생명공학연구원, 기계연구원, 에너지기술연구원, 항공우주연구원 등 7개 연구기관이 모여 중견 연구원들을 중심으로 구성되었던 7개 연구소의 각 연구발전협의회가 연계하여 연합회를 구성하게 되었다. 이후 출연연 체제와 PBS제도 개선, 정년 환원 등은 출연연의 지속적인 이슈가 되었고 지금은 22개 연구기관의 2,600여 명 출연연 중견 연구자들의 의견을 모아 열악한 연구환경 개선과 출연연의 발전을 위해 활동하고 있다. 연구발전협의회의 활동 목적은 다음과 같이 정관에 규정되어 있다.

> "본회는 회원들의 의견을 집약하여 출연(연)들의 합리적
> 운영을 지원하고 출연(연)들이 국가과학기술 발전을 선
> 도하기 위한 씽크탱크 혹은 오피니언 리더의 역할을 하며
> 연구원의 지위향상 및 권익 신장에 이바지하여 궁극적으
> 로 국가과학기술의 발전에 기여하는 것이다."

연구발전협의회에서 활동하는 대부분의 연구자는 연구 이외의 시간을 할애해야 하기 때문에 연구소를 위한다는 마음이 없으면 참여하기 힘들다. 그래도 함께 활동하는 것은 연구원들 문제는 연구원 스스로가 가장 잘 알고, 해결방안도 연구원만이 가장 적절하게 찾을 수 있기 때문이다. 해결방안을 찾은 후에는 정책에 반영되어 개선될 수 있도록 힘을 모아 노력해야만 겨우 결실을 볼 수 있다. 그리 정치적이지는 못하지만 출연연에 대한 애정이 많은 연구자들이 지금도 연구발전협의회의 일을 맡아 출연연의 발전을 위해 자신의 시간을 내어 봉사하고 있다.

그런데 정부에서 이 협의회를 좌파로 보았다는 말을 전해 들었다. 물론 연구원 각자의 정치적 이념이 있을 수도 있겠지만, 연구발전협의회는 활동 중에 그런 논의를 하는 단체가 아니다. 당장 코앞에 해결해야 할 연구과제에 매달려 있어야 하는 연구원 생활에서 그런 이념적 대화를 나눌 상황이나 시간은 주어지지 않는다. 열악하게 죄어오는 연구환경을 개선해보려고 만든 단체가 좌파인가? 연구발전협의회가 어느 파인지 굳이 정의해야 한다면, 한 TV 프로그램에서 어떤 코미디언이 말한 집권파 정도일 것이다. 연구원들은 정부에서 국민 세금을 출연한 연구소에서 국가를 위해 일하고 있으니 꼭 파를 나누고 싶다면 차라리 집권파이다. 국가를 위한 핵심 역량을 키우고 있으니 좌파, 우파를 떠나 그때 국가를 위해 일하고 있는 파에 자동으로 속하게 되지 않겠나?

어쨌든 보통 모임에서 만나는 연구원들은 어떤 집단 이념을 내세우지도 이야기하지도 않는 개인적인 성향을 지닌 사람들이 많다. 또 연구원들 각자 하는 일이 다르더라도 모두 중요한 일을 하고 있다고 생각하는 사람들이 주를 이룬다. 우리나라는 어느 정도 민주화가 이루어졌고 이제는 새롭게 변화해야 하는 시점이다. 내 생각에는 대부분의 연구원들의 성향이란, 이파 저파들의 생각과 생각 사이에서 합리적 구심점을 찾아 논리적 관점을 갖기를 바라는 쪽이다. 그런 관점은 사회적 책임감을 바탕으로 시기와 상황에 맞게 때에 따라 바뀔 수 있는 철학으로 나타난다고 본다.

공공과학기술혁신협의회는 대덕지역 과학기술 관련 단체인 과학기술연우연합회, 대덕클럽, 전임출연연구기관장협의회, 출연연 과학기술인협의회총연합회, 한국과학기술정책연구회, 과총 대전지역연합회 등 6개 단체가 함께 정부출연연의 역할을 성공적으로 수행하기 위해 필요한 출연연의 연구환경 확보와 자기혁신 방안을 차기 정부에 제안하기 위해 2021년 구성되었다.

공공과학기술혁신협의회에서는 미래 국가경쟁력의 중심 역할을 수행할 과학기술 분야 출연연의 재도약을 위해 출연연 연구환경 확보 방안과 자기혁신 방안에 대한 공동대책 논의, 공감대 형성과 의견수렴 및 정책건의를 위한 정기 간담회와 정책포럼을 개최하고 있다. 지난 대선기간 중에는 과학기술 분야 출연연의 위상 강화와 자율성 확립 방안으로 출연연의 비전과 정체성 확립, 역량강화 및 자율적 연구환경 조성을 정책과제로 제안하기도 하였다.

대덕연구단지에는 이외에도 여러 단체들이 활동하고 있다. 오피니언 리더로서의 역할을 바르게 수행하기 위해서는 바른 의견을 모으고 필요한 때에 용기를 가지고 의견을 제시할 수 있어야 한다. 이를 위해 오피니언 리더들은 각 단체의 역할과 회원들의 역량을 모으기 위한 운영시스템을 계속 발전시키고, 자기 쇄신의 시간을 끊임없이 가지면서 여러 방면의 지식과 정보를 바탕으로 소통해야 할 것이다.

대덕연구단지와
국제과학비즈니스벨트

    21세기 들어 우리나라의 가장 큰 이슈는 행정중심복합도시 건설이라고 할 수 있다. 2002년 대통령 선거 당시 이회창 후보의 대전 지역의 과학 수도화 공약에 대응하여 노무현 후보는 행정 수도화를 공약으로 내세웠다. 대통령에 당선된 후 우여곡절 끝에 행정중심복합도시건설특별법이 통과되었고, 충남 연기군 일대가 결정된 후 마침내 2007년 세종시 건설이 시작되었다. 세종시 건설의 가장 큰 목적은 수도권 과밀화와 집중화로 인한 국토의 불균형 발전을 시정하는 것이었다.

    2007년 대선 때는 이명박 대통령 후보가 국제과학비즈니스벨트 사업을 공약으로 내세웠다. 이는 세종시, 대덕연구단지, 오송·오창의 BT(바이오기술), IT(정보기술) 산업단지를 광역경제권으로 발전시켜 한국판 실리콘밸리로 육성하고, 거점 지구에 기초과학과 핵심 원천기술이 교육, 문화, 예술과 결합된 거대 복합시설을 형성하는 것이었다. 두 번의 대통령 선거에서 대선 후보들이 대전을 방문하여 과학기술인들과 모임을 가질 때 나도 참석하여 이 공약들을 직접 들을 수 있었다.

세종 행정중심복합도시는 이명박 대통령 취임 후 건설이 계속되었으나 부처가 나누어짐에 따라 행정의 비효율화가 나타나고 행정중심도시의 성격상 자족성이 문제로 떠올랐다. 도시의 성격을 행정중심도시에서 국제과학비즈니스벨트의 거점도시, 또는 교육과학중심도시로 바꿔야 한다는 의견이 커졌고 세종시 설치법의 개정을 본격적으로 정부에서 추진하였다. 이에 대하여 과학기술계 전반에서 찬반 논란이 일어났다. 한국과학기술단체총연합회(과총), 한국과학기술한림원(한림원) 등 과학기술계의 여러 단체들이 포럼을 개최하고 세종시에 과학비즈니스벨트가 들어서는 것에 대하여 공동으로 반대성명을 발표하였다.

어쩌다 내가 포럼의 발제를 맡게 되었다. 발제 준비를 하면서 세종시와 과학비즈니스벨트에 대하여 자세히 알아보게 되었고 여러 사람들을 만나 의견도 들었다. 그 과정에서 보니 행정기관 이전에 따른 행정의 비효율성 문제는 국토이용의 효율성, 수도권 집중에 따른 비효율성과 함께 검토하는 것이 중요한 요소라는 점을 점차 이해하게 되었다. 즉 당시 세종로청사, 과천청사, 대전청사로 나뉘어 있던 정부청사를 세종로청사, 세종시청사, 대전청사로 바꾸는 것으로 봐야 한다는 것이었다.

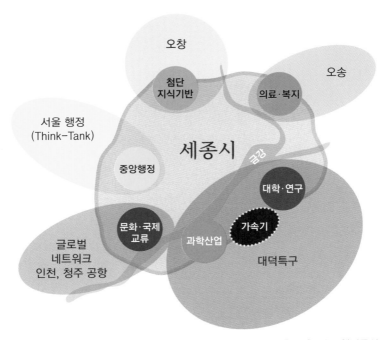

오창

오송

첨단
지식기반

의료·복지

서울 행정
(Think-Tank)

세종시

금강

중앙행정

대학·연구

문화·국제
교류

가속기

글로벌
네트워크
인천, 청주 공항

과학산업

대덕특구

세종시와 과학비즈니스벨트. 오랜 시간 논의를 거치며 우여곡절을 겪은 세종 행정중심
복합도시와 대덕연구단지를 중심으로 한 국제과학비즈니스벨트가 이제는 계획대로 잘
완성되기를 바란다.

행정중심복합도시의 자족성을 높이는 방안은 이미 행정중심복합도시 건설청에서 연구하여 행정기관 이전을 전제로 첨단산업, 대학연구, 의료산업, 국제문화 기능을 함께 가지도록 설계되어 있었다. 국제과학비즈니스벨트에서 제시한 인접한 대덕연구단지, 오송첨단의료복합단지, 오창과학산업단지 등을 연계하면 자족성 문제도 충분히 해결할 수 있었다. 세종시의 행정 중심 기능을 경제교육 중심 기능으로 바꾸는 대신에 국제과학비즈니스벨트와 연계하여 세종행정복합도시의 원래 기능을 유지하는 방안을 포럼에서 발표하였다. 세종행정복합도시, 대덕특구, 오송, 오창 지역을 연계하여 자연스럽게 국제과학비즈니스벨트의 거점을 구축하고 국가 성장동력사업을 추진하는 것으로 국가경쟁력의 기반을 확보할 수 있다는 내용이었다.

세종시 수정안이 국회를 통과하지 못하고 원래 계획대로 행정중심복합도시로 건설하게 된 것은 역사의 큰 흐름이라고 본다. 이후 국제과학비즈니스벨트의 거점 지구를 결정하는 것이 또 하나의 큰 이슈가 되었다. 거점 지구로 세종시, 대덕, 오송, 오창을 연계하는 지역이 대선 공약이었음에도 불구하고 정부에서는 원점에서 다시 검토하였다. KBS 〈심야토론〉(2011. 4. 2 방송)에서 내가 포럼을 준비했던 것을 알고 참석해달라는 요청을 해왔다. 마침 해외 출장이 있어 새벽에 떠나야 하는 상황이었지만 중요한 사안이라 토론에 참석하였다. 토론을 마친 후 간신히 출장을 갔던 기억이 있다.

이후 대덕연구단지 부근이 국제과학비즈니스벨트의 거점 지구로 최종 확정되었다. 부디 세종 행정중심복합도시와 대덕의 국제과학비즈니스벨트가 원래의 계획대로 연계·완성되어 우리나라의 새로운 성장 동력의 거점으로 발전하길 기대한다.

엑스포 공원과
기초과학연구원

　　1993년 개최된 대전 엑스포는 1,000만 명 이상의 내외국인이 다녀간 대단히 성공적인 엑스포로 사람들의 기억에 남아 있다. 대덕연구단지도 그때 엑스포 개최를 계기로 비로소 제대로 된 모습을 갖추게 되었다. 이전에는 연구단지 내의 도로가 통행량이 많았음에도 불구하고 2차선이었다. 주변 정리도 되어 있지 않아 보행자들을 위한 인도는 비만 오면 진창이 되는 등 매우 불편한 환경이었다. 엑스포를 위한 인프라가 갖추어지면서 6차선으로 포장이 되고 주위도 점차 정돈되었다.

　　엑스포 동안에는 연구단지 내 많은 가족들이 행사장에 가서 자원봉사를 하였다. 각자 유학 갔던 나라의 언어 통역을 비롯해 다양한 활동을 하며 엑스포가 성공할 수 있도록 모두 열심히 도왔다. 해외에 홍보 편지를 보내 알릴 수 있는 곳은 다 알리는 등 최선을 다하는 모습을 보여 대전 사람들이 지녔던 외지인들이라는 선

입견을 없애는 데도 크게 일조하였다. 연구단지는 엑스포가 개최되기 전까지는 대전에서 따로 격리되어 있는 한적한 전원도시 같은 곳이었다. 그런데 엑스포를 방문한 김에 말로만 듣던 연구단지까지 구경하고 가려는 방문객들로 갑자기 북새통이 되기도 했다.

엑스포가 끝나고 다시 조용해졌던 이곳은 어린이와 대전 시민의 놀이와 휴식 공간인 엑스포 공원으로 바뀌었다. 이곳에 남아 있는 한빛탑을 볼 때마다 아쉽다는 생각을 하게 된다. 한빛탑은 엑스포가 개최된 1993년을 기념해 설치한 것으로 높이 93미터의 탑이다. 이 탑의 높이가 100미터만 더 높았으면 엑스포의 기념탑으로 많은 사람들이 찾는 대덕연구단지의 상징물이 되었을 것이다.

이후에 운영 부실로 문을 닫게 된 엑스포 공원은 몇 년 동안 방치되어 적막감이 흐르는 곳이 되었다. 엑스포 공원을 살리기 위해 많은 논의가 있었지만 희망이 보이지 않다가 우여곡절 끝에 대전의 중요 장소로 재탄생하게 되었다. 연구개발특구진흥재단, 대전컨벤션센터(DCC), 사이언스콤플렉스가 들어서고 무엇보다도 국제과학비즈니스벨트의 중심인 기초과학연구원(IBS) 본원이 위치하게 된 것이다.

기초과학연구원은 중이온가속기 구축과 함께 국제과학비즈니스벨트 사업의 핵심으로 꼽히며 설립과 운영방식에 대해 과학계의 많은 관심을 모았다. 우리나라의 기초과학을 단숨에 세계적 수준으로 끌어올리겠다는 구상을 바탕으로 과학계는 '과학비즈니스

엑스포 공원에 위치한 기초과학연구원 뒤로 우뚝 솟은 한빛탑을 보면 대전 엑스포 당시 활기찬 모습이 떠오른다. 훗날 이곳이 많은 사람들이 오가는 과학공원이 되길 바란다.

벨트의 거점 지역을 어디에 두느냐'와 '기초과학연구원을 어떻게 만드느냐'에 크게 관심을 가졌다. 결국 대덕연구단지가 있는 유성 지역으로 거점 지역이 최종 결정되었는데, 그 이유는 각 지역에서 접근성이 좋은 입지적 이점도 있겠지만 무엇보다 대덕연구단지에 있는 기존의 출연연구소와 연계하여 시너지 효과를 높일 수 있다는 타당성 때문이었다고 본다. 엑스포가 개최되었던 자리에 우리나라 기초과학의 거점이 위치하게 된 것은 너무나 잘된 일이다.

대덕연구단지 50주년, 대전 엑스포 30주년이 되는 올해에도 이곳에서 다양한 행사가 잘 이루어지고 많은 이들이 함께 즐길 수 있었으면 좋겠다. 그리하여 엑스포 공원이 훗날 우리나라의 대표적인 과학공원으로 알려지게 되고 전국에서 많은 사람들이 찾아오는 명소가 되길 바란다.

과학기술연합대학원대학교, UST

　한때 연구소들과 카이스트가 협력할 수 있도록 애써본 적이 있다. 여러 이유로 잘되지 않아 포기했지만, 아직도 아쉽게 생각하고 있다. 언젠가 한 재미 과학자와 이런저런 이야기를 나눌 기회가 있었다. 그중 하나가 미국의 카네기대학과 멜론연구소는 협력이 잘되어 합치기까지 했는데, 카이스트와 연구소들은 왜 협력이 잘 안 되는지에 관한 이야기였다. 그는 한국은 근본적으로 서로 논리적 소통이 잘되지 않는 나라라고 했다. 덧붙여 카이스트(KAIST)와 키스트(KIST)가 합쳤다가 다시 갈라선 것을 보면 앞으로 협력 시도를 하지 않는 것이 좋겠다고 하였다. 그러나 정보통신부 소관의 정보통신대학교(ICU)와 과기부 소관의 KAIST가 통합을 이룬 사례도 있다. 당시에도 양측 교수들의 많은 반대로 한동안 진척이 되지 않았지만, 서남표 KAIST 총장이 취임하면서 강력한 리더십을 발휘해 두 대학의 통합을 이루었다.

연구소 대학원을 설립하는 기획에 참여했던 나는 카이스트와 연계하여 카이스트 학생들이 연구소들의 미래 주역이 되기를 바랐다. 그러나 연구소와 카이스트 양쪽의 반대로 포기할 수밖에 없었다. 그 후 연구소들의 연합대학원으로 '과학기술연합대학원대학교(UST)'가 탄생하였다. 출연연의 대학원 설립을 위한 기획 단계에 참여했던 나로서는 UST의 운영에 누구보다 관심이 많았다.

UST는 연구소가 보유하고 있는 우수한 연구인력과 첨단장비를 활용하여 정부의 추가적인 재정 부담 없이 전문 연구인력을 양성할 수 있게 한다는 취지에서 설립된 대학원이다. 더불어 연구원들이 대학으로 무리하게 이직하는 현상을 감소시키고, 대학원생을 연구소의 연구과제에 참여시킴으로써 연구 기능의 활성화에 기여한다는 취지도 있었다.

UST가 원래 취지대로 잘 운영된다면 연구현장 중심의 교육과정을 세우고 연구소별로 특성화된 교육프로그램을 운영하여 세분된 최근 기술을 가르칠 수 있을 것이다. 학생 개인을 교육하는 데 다수의 교수나 연구원이 참여하는 새로운 형태의 교육시스템이 될 것으로 기대한다. 다만, 교육이라는 것은 현실적으로 매우 어려운 과정이므로 UST 석·박사 졸업생들이 우수한 전문 연구자로서 제대로 교육받기 위해서는 세심한 학사운영과 전공별 교육프로그램에 참여하는 교수들의 책임 있는 교육자세가 뒷받침되어야 할 것이다.

UST 정문. 정부출연연구소들이 연합해 설립한 UST가 그 위상에 걸맞게 우수한 연구인력을 양성하는 책임을 다하고 세계적인 대학원으로 성장하기를 바란다.

　　지난 20년간 UST의 역대 총장과 본부 운영진은 학사운영 시스템을 갖추는 등 나름대로 노력을 기울였다. 이제, 당초 기대한 대로 UST의 설립이념을 구현하고 있는지, 비전을 달성하고 있는지 되돌아볼 시기가 되었다. 무엇보다도 UST는 정부출연연구소들이 연합하여 설립한 대학원이기 때문에 출연연의 위상에 걸맞도록 우수한 연구인력을 양성해야 하는 책임이 있다. UST가 설립이념을 제대로 구현하고 세계적인 대학원으로 발전한다는 비전을 달성하기 위해서는 UST 본부뿐 아니라 설립과 운영의 주체인 각 연구소의 적극적인 참여가 있어야 한다. 특히 UST 본부의 역할은 매우 중요하며, UST의 교육방향을 기존 대학과 차별화하고 연구와 교육에 대한 뚜렷한 철학과 리더십을 가지고 헌신해야 한다. 근래 요구되는 출연연의 융합연구와 산학연협력, 국제협력을 활성화하기 위해서도 UST의 거점 역할은 더욱 중요할 것이다.

한편, 이러한 많은 기대에도 불구하고 UST가 본래 설립 목적에서 벗어난 대학원이 될까 일부에서 우려하는 것은 'UST가 충분한 견식을 지닌 사람들에 의해 운영되고 있는가' 하는 점 때문이다. 우리 과학기술인들은 힘들게 탄생한 UST를 국가 연구소 대학원으로 잘 키우고 지켜야 한다. 연구소들 모두 관심을 가지고 UST를 주의 깊게 지켜보면서 발전에 이바지하여야 할 것이다.

영재들을 키울 수 있는
연구소

　　오래전 국제 인명사전에 등재되었다는 우리나라의 천재 김웅용 씨 외에도 미국인 쇼 야노(Sho Timothy Yano) 군도 어머니를 한국인으로 둔 천재다. 그의 어머니 진경혜 씨가 쓴《나는 리틀 아인슈타인을 이렇게 키웠다》를 통해 알려진 쇼 야노 군이 어느새 커서《꿈이 있는 공부는 배신하지 않는다》라는 책으로 다시 우리에게 다가왔다. 야노 군도 어려운 일을 많이 겪었겠지만 아무래도 선진화된 영재교육 시스템을 운영하는 미국에서 부모와 함께 살아서인지 김웅용 씨처럼 외롭고 힘든 시절을 보내지는 않은 듯하다.

　　대개 천재들은 보통 사람들보다 고독한 성장기를 보내고 사회생활에 잘 적응하지 못하는 것으로 알려져 있다. 김웅용 씨가 진짜 천재 중의 천재라는 생각이 드는 것은 스스로 천신만고의 노력을 해서 자신만의 행복을 찾은 점 때문이다. 11세에 나사 연구원이었던 김웅용은 고독감과 고통을 견디지 못하고 16세에 한국으로 돌아와 새로운 삶에 도전하였고 대학교수가 되어 평범한 가장으로 행복하게 살고 있다. 김웅용 씨가 카이스트에서 연구원으로 있는 동안 같이 일했던 주변 사람들의 이야기를 들을 기회가 있었다. 그중에서 김웅용 씨가 이탈리아에서 개최된 학회에 참석하여 3개월 동안 준비한 이탈리아어로 논문을 발표하고 질문까지 받았다는 에피소드는 나를 놀라게 했다. 나의 경우 오랫동안 이탈리아와 교류하면서도 한 번도 이탈리아어를 해보려고 생각해본 적이 없고 영어로 발표하기에도 급급했기 때문이다.

예전에 한 TV 프로그램에서 카이스트 학생들의 자살에 관해 질문을 받은 김웅용 씨는 "한 분야의 우수한 학생을 자괴감에 빠트리고 하소연을 들어줄 곳도 없다는 것이 가장 큰 문제였을지도 모른다"라고 말했다. 이런 이야기를 들으면 '대덕연구단지가 이처럼 뛰어난 재능을 지닌 학생들을 이해하고 받아주는 곳이 되어야 하는데……' 하는 아쉬움과 안타까움이 든다.

독일에서는 몇백 년 전에도 10대 초반의 천재 학생이 대학에 입학해 별 탈 없이 적응하고 자신의 재능을 잘 발휘하며 지냈다는 이야기가 전해진다. 16세에 법학박사 학위를 받고 베를린대학교 법학과 교수가 된 칼 비테(Karl Witte)도 그런 경우다. 특히 아버지 칼 비테 목사의 노력으로 아들을 천재로 키운 놀라운 이야기이다. 미숙아로 태어난 아들을 천재로 키워내자, 칼 비테 목사의 친구인 유명한 교육학자 페스탈로치(Pestalozz)가 그 이야기를 책으로 쓰라고 권했다고 한다. 칼 비테 목사가 겸손한 마음으로 사양하자 국왕에게 탄원하여 국왕의 명령으로 쓰게 된 책이 《칼 비테의 자녀 교육법》이라고 한다. 책에는 자식을 천재보다 행복한 사람으로 키우는 것이 우선적 목적이었다는 칼 비테의 교육관이 쓰여 있는데, 그래서 더욱 읽어볼 만하다.

연구소가 열악한 연구환경으로 치닫는 사이 대학이나 기업으로 우수한 연구자들이 이탈하는 현상이 이어지고 있다. 연구소에 남달리 애착이 없다면 남는다는 것이 더 힘든 선택인 경우가 되었다. 오래전에도 같은 연구소는 아니지만 다른 연구소에 있는 한 친구가 대학으로 옮긴다는 소식을 듣고 다른 사람들과 달리 끝까지 연구소에 남을 줄 알았는데 떠난다고 하니 왠지 서운했다. '연구소는 좋은 연구자들을 다 떠나보내면 어쩌려는가! 또 다른 데 뺏기는구나' 하는 아쉬움이 있었다.

보통을 뛰어넘는 인재들을 어떻게 연구단지로 데려올 수 있을지, 어떤 환경으로 탈바꿈해야 이곳 대덕연구단지에 인재들이 머무를 수 있겠는지 심각한 논의가 필요하다. 대덕연구단지를 처음 의도했던 대로 국가의 핵심 역량이 되도록 하려면, 연구원들도 노력해야겠지만 무엇보다 연구소 운영시스템이 인재를 불러올 수 있도록 변화되어야 한다. 12세에 UST 석박사과정에 입학했다가 졸업하지 못하고 퇴교한 송유근 군, 만 10세에 서울과학고에 입학했다가 자퇴했다는 백강현 군 등의 소식은 나를 슬프게 한다. 대덕 연구단지에 과학 영재들을 키울 수 있는 교육프로그램을 UST와 출연연이 함께 마련하면 좋겠다.

2

연구의
동반자들

이산화탄소의 자원화

　　이산화탄소는 요즘 각종 미디어를 통해 지구온난화의 주범이라고 잘 알려져 있다. 또한 우리가 즐겨 마시는 탄산음료가 늘어나면서 자연스럽게 우리의 생활 속에 들어와 가까워진 가스이기도 하다. 흔히 탄산가스라고도 부르는 이산화탄소는 화학적으로는 매우 안정된 물질이다. 이산화타소는 공기보다 무거운 무색의 기체로, 건조 공기 중에 질소, 산소, 아르곤 다음으로 네 번째로 그 양(2013년 400ppm을 넘음)이 많은 기체이다.

　　이산화탄소는 식물의 부패, 화산 폭발, 동물의 호기(呼氣), 화석연료의 연소 등에 의해서 대기 중으로 배출된 후 식물의 광합성에 의해 탄수화물이 되거나 해양에 녹아 대기 중에서 제거된다. 이러한 과정을 통해 이산화탄소는 지구상에서 순환하면서 공기 중에 어느 정도 균형을 이루어왔다. 그러나 인구가 늘고 화석연료의 사용이 증가함에 따라 배출이 급격히 늘어나면서 순환의 균형이 깨지고 대기 중의 농도가 증가하게 되었다. 이산화탄소의 온실효과 때문에 지구온난화의 주범으로 지목되고 있다. 지구의 온도가 상승하면서 과거에 경험할 수 없었던 이상기후 현상이 요즈음 자주 나타나고 있다. 이러한 이상기후가 우리나라에서도 계속되면서 여름은 물론 겨울에도 전기 에너지의 사용이 급증해 전력 수급에 비상이 걸리고, 전국 곳곳에서 초유의 정전 사태까지 발생했다.

이상기후 변화에 대응하여 이산화탄소의 배출을 줄이고자 하는 노력이 전 세계적으로 호응을 얻고 있다. 이산화탄소의 배출을 줄이는 첫 번째 방법은 에너지 효율 향상, 저탄소 연료 개발, 원자력 및 신재생 에너지 사용 등 기술 개발을 통해 이산화탄소의 발생을 원천적으로 줄이는 것이다. 두 번째 방법은 발전소, 제철소, 시멘트 공장 등에서 대량으로 배출되는 이산화탄소를 분리·회수하여 공기 중으로의 배출을 막는 것이다. 에너지 효율 향상을 위한 기술이 이미 많이 개발되었기 때문에 앞으로 기술 개발에 의한 이산화탄소 저감 효과는 크게 기대하기 어렵다. 신재생 에너지의 경우 화석연료를 대체할 수 있는 궁극적인 대안이기는 하지만, 아직 효율이 낮고 가격이 비싸며 저장기술이 부족하여 가까운 미래에 대용량으로 적용되기 어렵다. 한편, 배출되는 이산화탄소를 분리·회수하면 공장의 생산원가가 높아지는 경제성 문제가 있다. 우리나라의 경우 이산화탄소를 저장하기 위한 공간을 확보하기 어려워 회수된 이산화탄소를 멀리 이송해야 하므로 경제성은 더욱 문제가 된다.

이산화탄소의 자원화는 대량으로 배출되는 이산화탄소를 회수하여 지구온난화 문제를 해결하는 동시에 이산화탄소가 보유하고 있는 탄소를 재활용할 수 있는 방법이다. 다시 말해, 대용량으로 발생하는 이산화탄소를 회수하여 이를 유용한 물질로 전환하는 것이다. 이산화탄소를 화학적, 생물학적, 광학적, 전기적인 방법 등을 이용해 카보나이트, 메탄올, 에탄올, 탄화수소, 디메틸에테르, 개미산 등 공업 원료나 연료로 제조하여 자원화할 수 있다. 물론 이산화탄소는 매우 안정적인 물질이어서 이산화탄소를 화학적으로 전환하기 위해서는 효율적인 공정 개발이 전제되어야 한다. 또한 이를 위해 생산원가가 높아지는 경제적 문제를 해결할 수 있는 여러 기술도 개발되어야 한다. 이미 효율적인 이산화탄소 전환 기술은 실험 실적으로 실증된 바 있어 이에 대한 연구개발이 활성화된다면 이산화탄소의 자원화는 충분히 가능한 일이다.

나 역시 이산화탄소 분리막 연구를 하면서 회수된 이산화탄소를 어떻게 하느냐가 항상 문제였다. 미국이나 유럽처럼 회수된 이산화탄소를 폐기물로 땅속이나 바다 밑에 묻는 것보다는 탄소 자원으로 유용한 물질로 전환하는 것이 우리나라 입장에는 더 적합하다고 보았다. 이에 화학연구원에서는 분리막과 촉매 연구자들이 함께 이산화탄소 분리 및 전환에 관한 연구를 진행하였다. 2000년대에 들어와 21세기 프런티어 사업을 정부에서 시작하면서 그 중 하나로 '이산화탄소 저감 및 처리 기술 개발 사업'을 추진하였다. 나도 이 사업의 중요성을 느끼고 사업단장으로 응모하였다. 당시 연구개발의 주요 목표를 '이산화탄소 대량 배출원에서 이산화탄소를 효율적으로 회수해 청정연료나 유용한 화합물로 전환하기 위한 효율적 공정을 개발하고, 궁극적으로 이산화탄소를 자원화하는 것'으로 정하고 사업계획서에 제안하였다. 그러나 이산화탄소를 전환하여 유용한 화합물로 만든다는 것을 당시 심사위원들이 잘 이해하지 못하였는지 선정되지 않았다. 대신 공정의 효율화를 통한 이산화탄소 저감을 주요 목표로 제안한 다른 사업계획서가 선정되었다. 그 후 이 사업은 10년간 주로 공정의 효율화를 통한 이산화탄소 저감을 주목표로 추진되었다. 이산화탄소를 회수하여 저장하는 연구도 일부 진행되었지만 자원화 연구는 많이 진행되지 못하였다. 이후 이산화탄소 프런티어 사업의 후속 사업에서도 이산화탄소의 자원화 과제가 일부 포함되었으나, 연구목표가 이산화탄소를 폐기물로 보고 회수·저장에 집중하는 것이어서 아쉬웠다.

이산화탄소 자원화의 중요성을 늘 생각하고 있었기 때문에 원장이 되면서 화학연구원에 탄소자원화 연구소를 만들어 탄소자원화 연구를 지원하였다. 석유 자원이 없으며, 동시에 세계 10위 안의 온실가스 배출국인 한국은 이산화탄소를 새로운 탄소 자원으로 활용하여 성장 동력으로 삼아야 한다는 생각이었다. 다행히 근래 국내 많은 연구자들이 주요 관심 주제로 인공 광합성, 이산화탄소 전환 연구 등을 시작하였다. 이산화탄소의 자원화 연구에 대한 관심이 커지면서 정부 지원의 연구사업도 많아졌다.

새삼 이산화탄소 저감 및 처리 기술 사업 공모에 사업단장으로 응모를 계획하고 있을 때가 떠오른다. 한창 서류를 정리하던 중에 서류가방을 통째로 도둑맞은 사건이 있었다. 퇴근 후 가방을 거실에 그냥 두고 방에 들어와 잠이 들었는데, 새벽 4시쯤에 기척에 눈을 뜨니 열어놓은 방문 앞에 검은 그림자가 눈에 들어왔다. 잠결에 "누구야!" 하고 소리치니 휙 사라졌다. 정신을 차리고 불을 켜고 보니 아무도 없고 현관문은 그대로 잠겨 있었다. 가족을 깨워 없어진 것이 있나 확인해보니 다들 아무 이상이 없다고 하였다. 살펴보니 내 서류가방만 없어진 뒤였다. 2층이지만 안전한 아파트로 여겨 한여름에 창문을 열어놓고 자기도 했는데 베란다 쪽으로 도둑이 들어왔다 간 것이다. 도둑은 가방에 중요한 귀중품이라도 있는 줄 알고 가져갔겠지만 그런 건 없었다. 오직 내게 필요한 서류들만 몽땅 사라졌다. 대개 도둑맞은 가방은 회수가 된다는데 찾지를 못하였다. 그때 일이 지금도 가끔 떠오른다.

분리막과 물

　요새는 어디를 가나 정수기에서 정수된 물을 마시는 것이 보통이다. 하천의 수질이 나빠지고 수도관이 오래되거나 저수조가 오염되는 등 먹는 물에 대한 불안이 커지고 건강에 대한 관심이 높아짐에 따라 대부분이 정수기를 사용한 물을 마시게 되었다. 이 정수기의 핵심 부품이 멤브레인, 즉 분리막이다. 멤브레인(membrane)은 우리말로 막(膜)이다. 원래 막은 생체막(biological membrane)에서 시작하며 생물이 생명을 유지하는 데 매우 중요한 역할을 한다. 막을 통하여 물질이 선택적으로 잘 통과하면 살아 있는 것이지만 그 기능을 잃게 되면 모든 생명체는 죽게 된다. 우리 몸의 세포를 둘러싼 세포막에서부터 허파, 신장 등의 생체막이 물질을 선택적으로 통과하는 기능을 잘 수행해야만 하는 것이다.

　이와 같은 생체막의 기능을 모방하여 실생활에 이용하고자 인공적으로 여러 종류의 막들이 합성되었다. 신장이 나빠져 소변을 제대로 걸러내지 못하면 정기적으로 피를 걸러주어야 한다. 이런 환자들을 위해 인공투석기(artificial kidney)가 사용된다. 여기에 인공적으로 만든 막이 중요한 역할을 한다. 지금은 정수, 폐수 처리, 해수의 담수화 등의 수처리 분야부터 공기 중의 산소·질소 분리, 배출가스에서의 이산화탄소 분리·회수 등 다양한 분야에서 분리와 정제에 사용되고 있다. 이처럼 인공적으로 분리와 정제에 사용되는 분리막은 식품산업과 에너지, 환경, 화학, 의료 등 다양한 산업에서 응용되고 있다.

분리막과 인연을 맺은 것은 석사과정에서 인공신장에 사용되는 분리막 연구를 시작하면서부터다. 지도교수인 전무식 박사가 유타대학교(Univ. of Utah)와 함께 연구 중인 인공신장에 들어가는 분리막이 석사논문 연구 주제였다. 석사논문 지도교수를 정하기 위해 전교수와 면담을 했는데, 바로 다음 날부터 연구실로 나오라고 하셨다. 면담만 하려고 했는데 연구실을 정하게 되었다. 당시 전교수의 연구실은 물의 구조에 대한 이론 연구를 주로 하였고 분리막 실험을 위한 실험실이 함께 있었다. 물의 구조를 계산하는 이론보다는 분리막을 연구 주제로 실험을 하기로 하였다.

분리막은 흥미로운 연구 주제였지만 실험하기가 쉽지 않았다. 연구실이 오래되지 않아 실험이 진전되지 않을 때 물어볼 선배가 별로 없었고 지도교수도 프랑스에 1년간 연가를 나가게 되어 마음고생이 컸다. 마침 미국에서 분리막을 전공하고 KAIST로 새로 부임한 정성택 교수가 많은 조언을 해주었다. 그리고 당시 이태규 박사님의 이론 물리 및 화학센터의 연구원이었던 지종기 선생(경북대 교수)이 실험을 많이 도와주었다. 실험이 늦게 끝나면 함께 서울 KAIST 후문의 경희대 앞에서 소주를 마시며 구수한 만담과 유머를 재미있게 듣던 때가 지금도 가끔 생각이 난다.

이후 아는 분이 유학하기 좋은 곳이라고 추천해 아이오와대학교(Univ. of Iowa)에 가게 되었다. 미국 분리막 연구의 선구자인 카머마이어(Kammermeyer) 교수가 그곳에서 오랫동안 연구를 하다가 명예교수로 있었고, 나의 지도교수인 황선탁 박사가 그의 제자로서 분리막 연구를 이어받아 하고 있었다. 그곳에서 나는 다공성 막에서의 기체 투과 현상을 박사학위 논문 주제로 분리막 연구를 계속하게 되었다. 한때는 다공성 막의 투과 실험 결과를 설명할 수 있는 모델을 제시하기가 쉽지 않아 논문을 전혀 진전시킬 수 없었다. 많은 날을 이 문제로 고민하던 중 어느 날 잠을 자는데 순간적으로 떠오르는 모델이 하나 있었다. 그 모델에 이론을 적용하여 계산해보니 실험 결과를 잘 설명할 수 있었다. 결국 논문을 마치게 되었고, 그 모델은 흡착성 기체의 다공성막의 투과 현상을 잘 설명하는 모델로 이후 많은 연구자들이 인용하여 여러 책에도 실리게 되었다. 박사학위 후에는 지도교수가 신시내티대학교에 설립한 분리막연구센터(Center of Excellence on Membrane Technology)에서 연구를 하며 다양한 분리막 주제를 접할 수 있었다.

1987년 한국에 돌아와 보니 당시 국내에는 분리막 산업이 거의 없었다. 연구소의 적극적인 지원으로 분리막 연구를 시작하게 되었다. 연구소에서 지난 30년간 분리막 연구를 계속할 수 있었던 것은 나로서는 큰 행운이었다. 연구를 하는 동안에 어려움도 있었는데, 가장 큰 어려움은 연구원들과 함께 프로젝트를 만들고 논의하고 연구를 진행시키는 것이었다. 나와 같이 초창기 연구실을 일구며 어려운 연구를 함께 한 많은 연구원들과 학생들에게 늘 고맙게 생각한다.

그동안의 일들 중 가장 기억에 남는 것은 수처리용 중공사막을 국내 최초로 개발하여 공동 연구기관인 동양나일론(현재 효성)에서 이를 이용해 가격이 저렴한 가정용 중공사형 한외여과막 정수기를 상용화한 것이다. 식수 오염, 정수기, 생수 등은 먹는 물과 관련하여 일상생활에서 자주 듣는 단어들이다. 예전에는 물을 사서 먹는다는 게 이상한 일로 보였지만 요즘은 편의점마다 가게마다 놓여 있다. 집집마다 정수기도 있어서 수돗물을 끓여 먹는 것이 찜찜하게 느껴질 정도이다. 생활 수준이 높아질수록 사람들은 조금이라도 더 깨끗한 물, 좋은 물을 마시려고 한다. 아마도 몸을 구성하는 성분의 70% 이상이 물이라는 점을 알아서일까? 어쨌든 물은 하루라도 안 마시고 살 수 없는 것이고 당연히 좋은 물이 건강에 좋은 영향을 줄 것이다. 그렇게 '물'이라는 것이 귀한 것이 되어가고, 인간에게 있어 필수적인 것이다 보니 '물'에 대한 연구는

물은 우리 몸에 꼭 필요한 자원이다. '좋은 물'의 중요성과 그에 대한 사람들의 욕구가
커지면서 '물'에 대한 연구는 아주 근본적인 일이 되었다.

아주 근본적인 일이 되었다.

당시 액체 구조에 대해 오랫동안 연구를 하면서 물의 육각수 구조가 생체와 가장 적합하다는 이론을 제시해 전 세계적으로 '물박사'로 이름을 알린 KAIST의 전무식 박사 연구실의 별명이 '물방'이었다. 그곳에서 실험을 한 나의 연구 주제는 물 속에 녹아 있는 용질의 분리막 투과 특성을 연구하는 것이었다. 이후 미국 유학을 마치고 귀국한 후 첫 프로젝트로 기업(효성)에서 의뢰한 수처리용 멤브레인 연구를 시작하면서 물과의 인연은 계속되었다. 이 프로젝트의 원래 목적은 공업용 초순수 제조 공정에 사용되는 중공사막 모듈을 개발하는 것이었다. 그런데 막상 분리막 모듈을 국내 최초로 개발하여 초순수 제조 공정에 적용하려고 보니, 기존의 공정은 외국에서 완성품 인도 방식(turnkey system)으로 들여오기 때문에 부분품으로서의 중공사막은 상용화할 수 없었다. 대신 기술을 이전받은 기업에서는 개발된 중공사막을 정수기에 적용해 상용화하였다. 이 기술로 이 회사는 장영실상을 받게 되었다.

물론 당시는 정수기가 보급되지 않은 상태였기에 주변 사람들이 자신들도 그 정수기를 한번 사용해보고 싶다고 부탁해왔다. 회사에서 샘플을 몇 개 받아 주위 사람들에게 나눠주었다. 개발된 정수기는 수도꼭지에 직접 부착하여 물을 걸러내는 방식이었다. 요즈음 정수기처럼 거대하지 않고 수도꼭지에 붙였다 뗐다 하는 간편한 것이었는데 생각지 못한 오류가 있었다. 집집마다 수도

꼭지 모양과 크기가 다른 점을 간과한 것이다. 사용해보라고 줄 때는 물맛 자체의 문제만 생각했는데 나중에 보니 아예 사용도 못 해본 집이 대부분이었다. 정수기를 수도꼭지에 붙이는 접합 부분이 문제였다. 크기의 기준이 무엇인지 기업에 물어보니 그냥 일반적인 보통 크기라고만 하였다. 핵심 기술이 있다고 하여도 최종적으로 제품이 사용자에게 편하게 사용될 수 있도록 디자인이 받쳐주지 않으면 소용이 없다는 것을 확실하게 배운 순간이었다. 경제적이고 간편한 정수기인데도 불구하고 상업적으로는 성공을 하지 못했다. 정수기 시장을 고급 디자인으로 상품화한 다른 기업에 기술을 넘겨주게 되어 지금 생각해도 매우 애석하다.

이후 중공사 분리막을 기반으로 나노막을 비롯한 여러 분리막을 연구하였지만, 지난 시간을 되돌아보니 아쉬운 것이 하나둘이 아니다. 이제 내 인생의 시간이 허락되는 한 다음 세대들이 분리막 분야의 연구를 계속 발전시켜 나가도록 도와주고 싶다.

씨감자와 생명공학

    1997년 IMF 외환위기 때 우리나라의 많은 종자 기업이 외국에 팔려 요즘은 외국에 비싼 기술료를 내고 채소 씨를 다시 사 오곤 한다. 그렇게 역수입되는 씨들은 발아율이 해가 갈수록 떨어지는 것들이다. 수입 종자는 번식이 안 되게 유전자 조작을 한 것이어서 씨를 받아도 수확이 되지 않고 해마다 다시 씨앗을 수입해야 한다. 우리가 심어 수확하니 우리 농산물이라고 생각할 수 있지만 실상은 그렇지 않다. 생명공학의 발전이 전통적으로 농업국가였던 우리나라에 도리어 불리하게 작용하고 있는 예이다.

    미래에는 식량 부족이 인류에 큰 재앙이 될 것이라고 경고하는 학자들이 많다. 감자는 우리나라뿐만 아니라 세계적으로 중요 식량의 역할을 해왔다. 과거에 감자는 굶주린 인류를 구원하기도 하고, 존 스타인벡(John Steinbeck)의 소설 《분노의 포도(The Grapes of Wrath)》에서처럼 대규모 기근으로 집단 이주를 일으키는 요인이 되기도 했다. 빈센트 반 고흐(Vincent Van Gogh)의 그림

〈감자를 먹는 사람들(The Potato Eaters)〉을 보면 유럽에서도 감자가 가난한 사람들의 주식이었던 것으로 보인다.

10여 년 전쯤 생명공학연구원을 방문했다가 당시 원장이었던 정혁 박사가 개발한 인공 씨감자를 알게 되었다. 감자를 수확해보고 싶은 마음에 씨를 얻어 와 시골집 텃밭에 심어보았다. 이후 수확에 성공해 바로 구워 먹어보았는데 감자 맛이 정말 일품이었다. 처음 보내준 씨감자를 성공적으로 수확하고 잘되었다는 얘기를 정혁 박사에게 했더니 또 보내주어 두 번째 수확의 기쁨도 맛보았다. 감자를 맛있게 먹다가 정원장에게 전화를 걸었다. 감사의 인사를 전하며 여기 가꾼 밭도 볼 겸 우리 동네에서 식사나 하자고 했다. 그해 7월 초부터 여러 학회가 연속해 예정되어 있어서 그 이후에 만나기로 하였다. 그런데 부산에서 학회를 마치고 대전에 돌아오니 그가 세상을 떠났다는 소식이 들려왔다. 너무나 놀랍고 안타까운 소식이었다. 그와는 개인적으로 자주 만나지는 않았지만 열심히 연구하는 연구자로서 호감을 가지고 있었다. 가끔 만나면 서로 반갑게 인사를 나누고 출연연의 장래에 대해 진지하게 이야기를 나누기도 했는데……

정혁 원장은 인공 씨감자를 세계 최초로 대량 생산하는 방법을 개발하여 식량문제 해결에 큰 역할을 할 연구자였다. 인간적으로는 매우 소탈한 분이었다. 연구원장을 맡은 후에 연구소기업이나 연구원 운영에 어려움이 있었다는 이야기가 있었지만 앞으로

씨감자를 수확해 가족들과 맛있게 먹었던 기억이 아직도 눈에 선하다. 오늘도 어느 연구실에서는 정혁 박사와 같은 성실한 연구자가 인류의 식량문제 해결을 위해 노력하고 있을 것이다.

더욱 많은 일을 해야 하는데 이렇게 떠나다니 너무 안타까웠다. 부디 씨감자 연구가 계속되어 세계적 식량문제를 해결하는 데 큰 도움이 되기를 기원하며 정혁 원장의 명복을 빈다.

원자력에 대한 딜레마

2011년 3월 일본을 덮친 지진과 이로 인한 쓰나미가 태평양 연안 쪽에 위치한 일본의 원자력 발전소의 폭발과 방사능 오염 사고를 가져왔다. 이로 인해 원자력에 대한 공포와 원자력 발전소의 안전에 대한 우려가 우리나라에도 급속히 퍼졌다. 원자력 발전소의 폭발에 의한 방사능 피해는 너무나 막대하기 때문이다. 체르노빌 사고의 연상 작용도 있다.

KAIST 석사과정에 있던 1976년, 대학 동기였던 이항목 군이 당시 홍릉에 있던 원자력연구소에서 실험을 하던 중 방사능 피폭으로 예기치 않게 유명을 달리한 사고가 있었다. 정말 어처구니없는 사고였다. 방사능 처리 실험을 위해 샘플을 설치하던 중에 방사능 방출 물질에 노출된 것이었다. 자동 장치의 오작동으로 알려졌지만 그 후 사고 원인의 규명이나 후속 처리가 어떻게 되었는지는 잘 모르겠다. 건강했던 친구가 며칠 만에 죽었다는 사실이 믿어지지가 않아서 그 충격이 오래갔다.

원자력 발전에 의존도가 큰 우리나라는 원자력 발전소를 아랍에미리트(UAE) 등 외국으로 수출하게 되었다. 이를 계기로 원자력 산업이 다시 중흥기를 맞으며 새로운 성장 동력으로 부각되면서 많은 원자력 전문인력 양성 정책들이 추진되었다. 하지만 원자력발전소 폭발 문제도 있고 우리나라 원전도 자꾸 멈추다 보니 안전에 대한 의심이 커져갔다.

원자력 발전은 발전 방법 중 가장 저렴하면서도 최고의 효율을 내는 방법이다. 동시에 온실가스를 매우 적게 배출하는, 사고만 나지 않는다면 친환경 방식이라 할 수 있다. 그러나 사고가 발생할 경우 위험성이 매우 높고 그 피해는 막대하다. 무엇보다 원자력 발전 후에 남는 사용 후 핵연료의 처리 문제와 핵연료 폐기물에 포함된 플루토늄을 이용해서 핵폭탄을 만들 수 있기 때문에 핵폐기물을 생산하는 원자력 발전 자체를 막아야 한다고 주장하는 이들도 많다.

원자력 발전소의 안전에 대하여 여러 의견이 있고 그에 따른 찬성과 반대가 있으나 원자력 연구는 계속되어야 한다고 본다. 원자력 발전을 더 이상 하지 않는다 해도 기존의 원자력 발전소를 다 없애기까지는 몇십 년 세월이 소요되기 때문이다. 요즈음 원자력을 전공하려는 젊은이들이 줄어들고 있지만 원자력 연구와 전문인력 양성은 계속되어야 한다. 앞으로는 전문가가 절대적으로 필요한 상황에 놓이게 될 수 있다.

원자력의 양면성은 딜레마다. 우리의 여건을 보면 당장은 원자력 발전밖에 없지만 위험을 생각하면 절대 허용하면 안 되니 말이다. 원자력은 잘못되면 인간이 통제 불능한 상황으로 치달을 수 있기 때문에 위험한 것이다. 문제가 발생했을 때 현장에 전문가가 없다면 어떻게 될지 상상만 해도 두렵다. 비전문가들이 이런 일에 나섰을 때 가장 위험한 것은 사고의 무서움을 모른다는 점이다. 지금처럼 이공계를 기피하고 있는 때에 원자력 전문인력을 양성하지 못한다면 결국 비전문가의 손에 원자력 발전소가 맡겨지고 제대로 상황을 통제하지 못해 커다란 재앙으로 이어질 수 있다. 원자력 발전소의 시대가 끝이 나도 원자력 연구는 계속되어야 하고 전문가도 키워야 하는 이유가 바로 여기에 있다.

정권이 바뀌어 새로 발전소를 짓지 않는다고 하더라도 운영 중인 원전을 잘 운영하고 최종적으로 잘 폐쇄하여야 한다. 원자력에 관한 책임의 문제는 정치를 뛰어넘는 일이다. 국민 전체의 안전과 연결되기 때문이다. 발전소를 운영하는 데 있어 엉뚱한 순간적 실수나 사고가 발생해 무고한 사람들이 피해를 입는 일이 없어야 하고, 폐연료나 방사선 폐기물을 제대로 처리하지 못해 심각한 문제로 확대되지 않도록 현장을 제대로 통제할 수 있는 전문가를 키워야 한다. 위험한 한 조각의 원전 폐기물까지도 잘 관리하고 원자력의 안전을 지켜야 하는 책임 소재를 분명히 해야 할 것이다.

핵융합, 미래의 에너지

근래에 일어나는 많은 전쟁이 실제로는 에너지 자원 확보를 위한 전쟁이다. 에너지 문제는 세계적으로도 문제가 되지만, 특히 석유 한 방울 나지 않는 우리나라에서는 국가 경제와 직결되기 때문에 늘 중요한 문제이다. 에너지 자원이 없는 한국은 매년 많은 양의 에너지를 수입하고 있으며 2022년 원유 수입만 1,000억 달러를 넘어서고 있다. 이와 같은 에너지 문제를 해결하기 위해서 세계 각국에서 안정적인 석유와 천연가스의 확보에 총력을 기울이는 한편 화석연료를 대체할 새로운 에너지 개발에 적극 나서고 있다. 그러나 원자력을 제외하고 풍력, 태양광 등 신재생 에너지는 가까운 미래에 대용량으로 적용하기에는 아직 기술수준이 미흡한 형편이다. 또한 원자력 에너지의 경우, 원자력 발전의 안전성과 핵폐기물 처리 문제가 아직 해결되지 않고 있다.

이러한 때에 인류의 에너지 문제를 해결하는 궁극적 방법으로 핵융합이 주목받는 것은 당연한 일이다. 태양에서 에너지가 발생되는 원리가 바로 핵융합이다. 지구에서 핵융합을 일으키기 위해서는 '토카막(tokamak)'이라는 특별한 고온의 핵융합로 개발이 필수적이다. 우리나라에서도 국가핵융합연구소(현 한국핵융합에너지연구원)를 중심으로 많은 연구를 진행하고 있으며, 국제 핵융합 프로젝트인 국제핵융합실험로(International Thermonuclear Experimental Reactor, ITER)에도 참여하고 있다. 올해(2023년) 미국에서는 레이저를 이용한 핵융합 실험에서 입력 에너지 대비 거의 2배의 출력에너지를 얻은 실험에 성공하였다고 한다. 이외에도 세계 각국은 핵융합의 실용화를 위한 연구를 대규모 투자비를 들여 수행하고 있으며 벤처기업들도 새로운 방식의 핵융합 기술을 개발하고 있다. 그러나 핵융합을 실용화하기 위해서는 아직 기술적으로 한계가 있으며 검증해야 할 많은 문제가 있어 앞으로도 30년 이상 걸릴 것으로 예측하고 있다.

한편 1989년 폰즈(Pons)와 플라이쉬만(Fleischmann)이 발표한 '상온핵융합'은 고온의 토카막과 달리 상온에서 핵융합이 일어나기 때문에 전 세계적으로 관심을 모았다. 그러나 재현성의 문제와 발표결과의 오류 등의 이유로 아직까지 주류 과학계에서 받아들여지지 않고 있다. 폰즈와 플라이쉬만의 발표가 언론에 보도된 당시, 나 역시 상온핵융합을 매우 충격적이고 가능성이 큰 연구결과로 받아들였다. 왜냐하면 팔라듐(palladium) 분리막은 수소에 대한 매우 특별한 투과 특성이 있어서 이를 이용하여 고순도의 수소

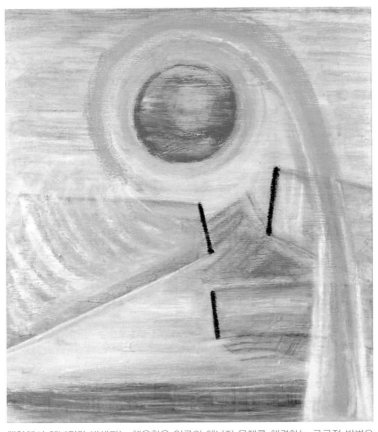

태양에서 에너지가 발생되는 핵융합은 인류의 에너지 문제를 해결하는 궁극적 방법으로 주목받고 있다.

를 제조하고 있었기 때문이었다. 중요한 연구결과였기 때문에 다른 프로젝트를 수행하던 중이었으나 자체적으로 확인해보고 싶은 생각이 들었다.

당시에 상온핵융합을 확인하기 위한 중성자나 초과열 발생을 측정하기에는 다소 복잡하여 우선 간단히 확인해볼 수 있는 방법을 선택했다. 중수(heavy water, D_2O) 속에 들어 있는 삼중수소(tritium) 농도의 변화와 발생하는 가스 중의 헬륨(helium)을 측정하면 바로 확인이 가능할 것 같았다. 팔라듐과 중수를 급히 구해 전해 실험을 방에서 시작하였다. 중수 전해 실험 결과 중수 속에 포함된 삼중수소의 농도를 측정하려면 액체섬광계수기(liquid scintillation counter)가 필요했는데, 인삼연초연구소(현재 KT&G 중앙연구소)에 액체섬광계수기가 있어서 측정을 의뢰하였다. 측정 결과 삼중수소 농도가 수십 배 증가하였고, 이는 상온핵융합이 확실한 결과여서 당시 화학연구소 소장인 채영복 박사에게 직접 보고하였다. 이 결과가 KIST의 윤경석 박사의 연구결과와 함께 대대적으로 발표되어 원하지 않게 언론을 타기도 했다. 이후 삼중수소의 농도 변화를 계속 관찰하기 위하여 다른 장비로 다시 측정했을 때도 수십 배 증가는 아니지만 소량의 증가(2~3배)를 확인할 수 있었다. 삼중수소의 증가 현상은 실험 오차라고 여기기에는 너무나 뚜렷하였다. 발생 가스 중에 포함된 미량의 헬륨도 질량분석기로 확인할 수 있었다. 그 후에도 삼중수소의 증가를 재확인하였으나 과학계의 부정적인 의견과 여러 이유로 연구를 더 이상 진행하지는 못하였다. 이후 각국의 상온핵융합 연구 동향을 주시하면서 팔라듐 전극을 이용한 전해와 전기도금 후 중수 속의 삼중수소의 농도 변화를 살펴보았다.

이처럼 상온핵융합 현상은 세계적으로 초미의 관심사가 되었으나 지속적 재현성이 확인되지 않아 그 연구 열기가 사라졌다. 그러나 미국, 일본, 유럽의 200여 명의 연구자들은 지속적으로 연구를 하며 매년 국제 상온핵융합 학술대회를 개최하고 있다. 공식적으로는 아직 부정적인 의견이 많지만 미국 에너지부(DOE) 등에서 다시 상온핵융합 연구를 검토하고 있으며 미 해군성연구소 등에서는 계속 연구를 수행하고 있다. 일본, 유럽, 중국, 러시아에서도 대학이나 연구소에서 연구를 진행하면서 핵융합 반응의 현상을 확인하고 있다. 2009년에도 미국 물리학회에서 상온핵융합 세션이 열렸고, 미국 화학회에서는 20주년 기념 심포지엄을 유타에서 개최하였다.

우리나라의 경우 1989년 상온핵융합 현상이 발표된 후 KIST, 화학연구원을 비롯해 서울대에서 확인 실험 결과를 발표하였으며 과기부의 지원으로 2년간 연구를 진행하였으나 이후 재현성에 대한 부정적 견해가 세계적으로 커지면서 상온핵융합 연구가 중단되었다. 이후 2011년 인도에서 개최된 16회 국제 상온핵융합 학술대회에 국내 몇몇 연구자들이 함께 참가하였고, 박선원 KAIST

교수는 2012년 제17차 국제 상온핵융합 학술대회를 대전으로 유치하였다. 대전컨벤션센터에서 개최된 학술대회에는 국내외 많은 연구자가 참석하였고 화학연구원에서는 삼중수소의 농도 변화 연구결과를 발표하였다. 그러나 국내의 상온핵융합 연구에 대한 공식적인 연구비 지원은 더 이상 없었다.

한편 세계적으로 에너지 문제를 궁극적으로 해결하는 방안으로 상온핵융합에 대한 관심이 다시 커지고 있다. 세계 주요국에서 이에 관한 연구가 다시 진행되리라고 예상된다. 최근 미국의 경우 DOE 산하 ARPA-E(Advanced Research Projects Agency-Energy)에서 상온핵융합(cold fusion) 대신 저온핵반응에너지(Low Energy Nuclear Reaction, LENR)란 프로그램으로 연구비를 지원하고 있으며, EU에서도 Horizon2020을 통해 관련 연구를 지원하고 있다.

아직 재현성의 문제와 이론적 설명의 부족으로 상온핵융합을 주류 과학계에서 인정하지 않는 것도 이해는 가지만, 에너지 문제를 궁극적으로 해결하는 방안으로 이 연구는 더 지속하여야 한다고 본다. 검증해야 할 점들이 아직 많지만, 기존 핵융합 연구비의 몇 %만이라도 지원한다면 이 연구를 통해 의미 있는 결과를 이끌어낼 수 있을 것이다. 과거에도 불가능하고 엉뚱하다고 생각했던 일들이 뜻밖에 성공한 경우도 많지 않은가? 기존의 이론으로 이해되지 않는다고 반대만 하거나 쉽게 포기하는 것은 옳지 않다. 인류가 꿈꾸는 무한 청정에너지 시대를 앞당겨 맞이할 수 있기를!

연구의 동반자들

1987년 미국에서 대덕연구단지로 돌아와 분리막 연구를 계속하면서 여러 프로젝트를 수행하였다. 그동안 이룬 연구결과 대부분은 함께 한 동반자들이 없었다면 불가능했을 것이다. 연구를 함께 수행했던 많은 사람들, 화학연구원에서 함께 연구한 연구원과 학생들, 그리고 연구를 지원했던 사람들 모두 연구의 동반자라고 생각한다. 다 사람이 하는 일이지만 연구야말로 사람이 하는 일인지라 함께 일하려면 서로를 이해하는 것이 중요하다.

연구소에서는 대부분 팀으로 연구과제를 수행한다. 한 팀의 구성원이 된 동료 연구원들과 원만한 인간관계를 이루고 의미 있는 연구결과를 이끌어내는 일은 결코 쉬운 일이 아니다. 각자 개성이 있고, 나이, 연구 스타일, 사고방식 등이 다른 사람들이 하나의 목표를 향해서 집중해나가야만 원하는 연구결과를 거둘 수 있기 때문이다. 때로는 끝까지 엉뚱한 방향으로 나가기도 한다.

외부 용역으로 하는 과제의 경우에는 주어진 기간 내에 원하는 결과를 내놓아야 하기 때문에 스트레스가 이만저만이 아니다. 그래서 연구책임자는 각 연구원이 되도록 편안한 마음을 가지고 연구에 몰두하면서 그 자체만으로 보람을 느낄 수 있는 분위기를 조성하기 위해 노력해야 한다. 성과만을 우선으로 밀어붙인다면 연구는 더 힘들어진다. 이러한 역할은 내게도 어려운 것이었다. 성과가 제대로 나오지 않으면 마음이 조급해지고 엄청난 스트레스를 받았다. 하지만 지금 생각해보면 연구원들이 연구책임자인 나보다 훨씬 스트레스가 컸을지도 모르겠다.

한배를 탄 팀이라는 의식 없이 어쩌다 보니 할 수 없이 같이 일을 하게 되었다고 여긴다면, 피곤한 일이 생길 수도 있다. 함께 연구를 수행하면서 사이가 더 좋아지고 동료애라는 것이 생기기도 하지만, 미묘한 일들이 발생하고 불협화음이 생기는 경우도 많다. 어떤 연구원이 굉장한 아이디어를 내서 크게 진전이 되면, 그 연구원은 자신의 공을 공유하기가 억울하다는 생각을 할 수도 있다. 반대로 질시의 대상이 될 수도 있다. 이처럼 좀 유치한 일들도 일어날 수 있기에 연구자로서 바른 인격을 갖추어야 하고 서로 칭찬하고 격려해주는 자세와 동료의식이 필요하다. 사실, 이러한 부분은 아주 어린 시절부터 교육이 필요한 일이 아닌가 싶다. 요즘에는 초등학교 때부터 팀 프로젝트를 많이 진행한다고 하니 여럿이 함께 소통하며 협력하는 법, 다른 사람을 인정하는 법 등을 익혀야 할 것이다.

대덕연구단지 40주년을 기념하기 위해 연구원들이 한자리에 모였다. 많은 일이 그러하지만 연구란 더더욱 홀로 할 수 없는 일이다. 연구원들은 서로가 서로에게 소중한 존재다.

얼마 전, 서울과학고에 입학했던 어린 천재가 다른 구성원들과 어울리지 못하고 결국 학교를 그만두었다는 뉴스를 보았는데 이런 일은 전문적인 연구원들 사이에서도 일어난다. 공동 작업은 성숙한 의식과 인격이 필요한 일이다. 어려서부터 여러 사람과 팀을 이루어 일할 때 발생하는 문제를 잘 받아들이고 해결하는 교육을 받는다면, 공동 작업 시 생길 수 있는 미묘한 문제들을 보다 순조로이 풀어나갈 수 있을 것이다. 개인적으로 특허를 낸다거나 큰돈을 벌지는 못하지만 연구원이라는 직업이 존경받을 수 있는 직업이라는 자부심을 가질 수 있도록 분위기를 만들 필요가 있다. 연구라는 일이 요즈음 선호되는 직업들과 달리 큰돈을 벌 수 있는 일과 무관하더라도 정신적 가치를 추구할 수 있는 좋은 직업 중에 하나라는 자부심을 연구원들 스스로 지닐 수 있기를 바란다. 그러면 연구 수행 시 억울함 같은 감정에 사로잡히거나 서로 간에 갈등이 증폭되는 일이 훨씬 줄어들지 않을까.

어느 삶이나 다 특별한, 녹록치 않은 각자의 인생이 있다. 연구 인생도 참 독특한 삶을 택한 것이다. 무엇을 성취하기 위한 잠깐의 연구가 아니라 끝도 없는 연구 선상에 있기 위해서는 한마디로 적성이 맞아야 한다. 긴 시간 동안 인내심을 가지고 복잡한 연구를 이어 가고 있는 연구원들에게 무턱대고 성과만 강요하는 것은 정말 큰 문제다. 모든 연구 상황은 반드시 존중되고 배려되어야 하며 주변의 관심과 성원이 필요하다. 연구원들 자신도 물질적 가치보다 정신적 가치를 추구하는 연구소의 독특한 분위기가 잘 뿌리내릴 수 있도록 우리 모두의 의식수준을 갈고닦는 데 노력을 기울여야 할 것이다.

소통과 연구 윤리

최근 과학기술의 핵심 단어는 융합으로 '융합 연구'에 관한 이야기들이 많이 들린다. 연구소 간 융합 연구를 권장하는 프로젝트도 별도로 만들어지고 있다. 그러나 실제 같은 연구팀 안에서도 공동 연구를 수행하기가 쉽지 않고, 다른 연구실에 가서 장비를 빌려야 하는 등 여러 가지 번거로운 일들이 발생한다. 한 연구소 내에서도 상황이 이럴진대 다른 연구소까지 함께 하는 건 더더욱 쉬운 일이 아니다. 일을 하다 보면 소통이 중요한데, 나를 비롯해 우리나라 연구자들은 윤활유라 할 수 있는 이 소통의 기술이 다소 부족한 것 같다.

공동 연구 또는 융합 연구를 위해 연구자 간의 소통과 신뢰가 무엇보다 중요하다. 이런 교류를 잘하려면 기관 차원의 노력도 필요하지만, 실제적인 연구주제나 연구장비의 교류를 활성화하기 위해서는 무언가가 더 필요하다. 다른 연구소의 연구원들과 교류하며 지낼 기회가 미흡하니 공동의 도서실 카페라도 마련되면 좋을 것이다. 아울러 실질적인 융합 연구나 공동 연구에서 무엇보다 중요한 것은 '연구 윤리'라고 생각한다. 도로에서 소통이 잘되려면 교통 규칙을 잘 지켜야 하듯이, 여러 기관이나 연구자가 함께 공동 연구, 융합 연구를 진행하는 경우에는 서로 간의 신뢰를 바탕으로 연구 윤리를 지켜야 한다. 공동 연구를 위한 윤리 규정도 세밀하게 만들어두어야 한다.

외국 과학자들과의 교류

이탈리아 ITM-CNR 소장 드리올리 교수

나와 20년 넘게 한국·이탈리아 공동 워크숍을 진행해온 드리올리(Drioli) 교수는 팔순이 넘은 나이에도 왕성하게 활동하고 있는 과학자다. 유럽분리막학회장과 이탈리아 CNR 분리막연구소(ITM-CNR) 소장을 오랫동안 맡았던 분리막 연구의 대가다. 이탈리아에 가서 그를 만날 때마다 느끼는 것이지만, 이탈리아는 로마시대부터 내려오는 저력이 숨어 있는 대단한 나라이다. 마침 추석 때 드리올리 교수가 한국을 방문할 일이 있어 왔다가 나를 만나려고 연구단지까지 왔었다. 식사를 해야 하는데 추석이라 식당이 모두 닫아서 할 수 없이 집으로 초대하여 한국 음식들을 대접하였다. 그는 한국 음식들이 맛이 있어서 놀랐다고 말했다. 특히 고사리나물을 생전 처음 먹었는데 참 인상적인 음식이고 새로운 발견이라고 극찬했다.

그 후에 이탈리아에 갔더니 드리올리 교수가 꼭 자기 집으로 와서 며칠 머물다 가라고 초대를 했다. 그의 집은 피사(Pisa) 근처였다. 넓은 포도밭 사이에 영화 〈쿼바디스(Quo Vadis)〉에 나오는 아피아 가도(Via Appia) 옆에 있었다. 이층집 옆으로 큰 창고가 따로 있었고 집 주변에는 올리브 나무들이 가득했다. 일층에는 오래된 피아노가 있었고 이층 오른편에는 드리올리 교수방, 왼편에는 손님방이 있었다. 부인은 몇 년 전에 세상을 떠났고 자녀들도 모두 독립하여 혼자 살고 있었다. 집은 가정부가 가끔 와서 돌본다고 했다. 그가 집 근처를 자세히 안내해주어서 그냥 관광객이라면 알 수 없는 좋은 경험을 할 수 있었다.

그 집에서 제일 인상적이었던 것은 선반의 컵이었다. 몇 해 전에 한국·이탈리아 워크숍 기념컵을 만들어 나누었는데, 그 컵들이 나란히 전시되어 있었다. 내가 방문한 그때만 그렇게 되어 있었는지는 모르겠지만, 방문한 이를 기분 좋게 하는 센스가 느껴졌다.

드리올리 교수를 처음 만난 것은 어느 국제학회에서였다. 우연히 한자리에 앉아 이야기를 나누다가 서로 의견이 맞아 분리막 워크숍을 번갈아 하기로 했는데 20년 넘게 지속하고 있다. 처음 한국에서 워크숍을 열 때 얼마나 신경이 쓰이고 긴장되었는지 모른다. 이탈리아는 문화 선진국이니 우리도 나름 분위기를 맞추기 위해 노심초사하였다. 연구원들의 가족들까지 참여해 음악회를 기획하여 선보이는 등 열심히 준비하여 무사히 매회 잘 진행하였다.

우정을 바탕으로 연구뿐만 아니라 문화적 교류를 하면서 폭이

11th Italy - Korea Workshop "Membrane Technology for Climate Change",
Hilton Sorrento Palace hotel & Conference Center,
Sorrento, Italy, November 24 - 26, 2022

20여 년 전 이탈리아 연구자와의 우연한 만남이 한국-이탈리아 워크숍으로 지금까지 이어지고 있다. 사진은 2022년 소렌토에서 열린 워크숍 모습이다. 소중한 인연에 감사할 뿐이다.

넓어지는 다양한 경험을 나누게 되었고 교류의 진정한 의미를 알게 되었다. 이후 드리올리 교수의 추천으로 이탈리아 정부 최고공로훈장도 받게 되었다.

2022년 11월, 이탈리아 소렌토에서 지난 워크숍이 개최되었고 이번에도 한국 측 대표로 참석하여 잘 마쳤다. 코로나19로 전 세계가 암울한 시기를 보낸 이후라 그런지, 20여 년 동안 서로의 나라를 오가며 쌓은 교류의 시간들이 새삼 더없이 소중하게 느껴졌다. 내년 2024년에는 한국에서 워크숍을 개최하기로 하였다. 한국-이탈리아 수교 140주년을 기념하여 보다 의미 있는 행사가 되길 바라는 마음이다.

캐나다 오타와대학교의 마츠우라 교수

　캐나다 오타와대학교(Univ. of Ottawa)의 마츠우라(Matsuura) 교수 역시 세계적으로 인정받는 분리막 연구자로 국제학회에서 처음 만난 후 오랫동안 교류하게 되었다. 그의 부인이 한국인인데 그들이 결혼한 얘기를 들으면 아주 로맨틱한 러브스토리다. 그는 한국 과학자들을 만나면 그 얘기를 재미있게 해주는데 부인은 그냥 수수한 얘기라고 일축한다.

　독일로 유학가기 위해 한배를 탔던 그들은 수개월 항해하는 동안 서로 사귀게 되었다고 한다. 외국에서 하는 학회에서도 마츠우라 교수는 한국인 과학자들 쪽으로 와서 동참한다. 그때마다 처갓집이 진심으로 좋아서 오는 사위 같아 웃음이 나온다. 그의 외동딸이 줄리어드 음대에서 피아노를 전공하고 있었는데, 꼭 한국인 사위를 얻고 싶다며 내 아내에게 부탁을 한 적도 있다.

　중국과 일본은 바로 옆 나라라 그런지 아직도 우리나라와 분쟁거리가 많은 것 같다. 그런데 막상 여러 나라가 참여하는 국제학회에 가보면, 중국이나 일본에서 온 연구자들과 함께 앉아 있는 우리들을 발견한다. 대륙별로 한통속처럼 되는 순간도 있다. 일을 잘하려면 바로 옆 사람들과 잘 지내야 하듯 옆 나라와도 잘 지내야 될 텐데 하는 생각이 든다.

아들과 방문한
다른 나라 연구실

    학회 참석차 세계 많은 나라의 연구소들을 방문하고 다녔다. 인상에 남는 곳이 많은데, 특히 기억에 남는 곳이 체코의 프라하 대학교(Univ. of Prague) 연구소이다. 1997년에 마침 여름이라 갓 고등학교에 입학한 아들과 유럽 배낭여행을 계획하면서 연구소도 방문해 견학을 겸하기로 하였다. 이러한 여행은 학회에 참석한 것과는 또 다른 경험이었다.

    아는 교수에게 부탁하여 실험실 투어를 하게 되었다. 바벨이라는 박사과정 학생이 안내를 맡아주었다. 나보다는 아들에게 설명해주는 것을 들으며 실험실을 샅샅이 구경할 수 있었다. 아들이 사진을 찍어도 되느냐고 물으니 흔쾌히 허락해주었다. 사실 실험실은 연구자 고유의 아이디어로 설치해두기 때문에 잘 공개하지 않는 편이다. 나 역시 그렇게 하기 어려웠을 것이다. 다행히 고등학생이 공부하는 차원에서 순수하게 부탁한 것으로 받아들여 준 것 같다.

아들이 갑자기 화학에 깊은 관심을 갖고 여러 가지 질문을 하는 바람에 화학을 전공할 건가 하는 생각이 들기도 했다. 나중에 소감을 물으니 실험실에서 엄청난 기가 느껴졌다고 했다. 아인슈타인도 잠시 머물렀고 노벨 수상자도 여러 명 배출한 연구소인 프라하연구소에는 2층으로 올라가는 계단에 연구소 출신 과학자들의 사진이 붙어 있었다. 오랜 역사를 지닌 그곳은 한국의 연구소들과는 다른 고유의 연구 분위기가 잘 조성되어 있었다.

연구소 이곳저곳을 돌아다니다 보니 많은 연구원들이 그때만해도 생소한 동양인인 우리에게 관심을 보이며 다가왔다. 무엇을 연구하는지, 무슨 응용성이 있는지 선 채로 이야기를 나누고 정보를 교환하였다. 급기야는 연구소의 유명한 시팩(Sepak) 교수와도 인사를 나누고 식당에서 같이 저녁을 먹게 되었다. 그는 우리에게 프라하 관광 안내까지 해주겠다고 하였다. 요즘은 한국 관광객이 많이 가지만 그때는 체코의 공산권이 망하고 얼마 되지 않은 때라 우리 부자(父子)는 그곳 사람들에게 눈에 띄는 존재였던 것 같다. 공산권이었기에 북한 유학생이 있는지 물어보니 수년 전까지는 있었는데 체코가 민주화된 이후로는 한 명도 없다고 했다. 그때는 체코의 물가가 아주 싸고 국민소득도 낮았다. 우리를 안내한 시팩 교수도 저명한 교수인데, 우리 돈으로 월급이 20만 원 정도밖에 되지 않았다. 내가 사기로 하고 세 명이 정식으로 식사를 했는데도 15,000원 정도밖에 나오지 않았다.

다음 날은 프라하 화학공정연구소를 방문했다. 그곳에서는 우치히(Uchytil) 박사와 직접 같이 실험실을 보면서 두 시간가량 이야기를 나눴다. 우치히 박사는 북한 과학자가 교환 연구를 하러 온 적이 있다고 했다. 북한 과학자와 한동안 같이 일하면서 보니 김일성 배지를 한시도 떼어놓은 적이 없고 모든 사교활동을 피해서 연구만 같이 했다고 덧붙였다. 북한의 과학기술 수준은 생각보다는 발전한 듯 보였다고 말했다.

아들은 그동안 혼자 연구소 여기저기를 돌아다녔는데 사람들이 친절하고 순수하게 느껴졌다고 했다. 근래에 체코를 다녀온 사람들 말로는 이후 자본주의 시장경제로 전환되면서 그곳도 하루가 다르게 변해 예전 같은 분위기는 아니라고 한다. 하지만 그때는 '이렇게 순박한 분들이 있나' 할 정도였다. 아들은 그곳 연구자들과 쉽게 가까워져 질문도 많이 했는데 모두들 친절하게 답해주고 궁금증을 시원하게 풀어주었다고 한다. 그들의 친절에 감동한 아들이 나와는 의논도 하지 않고 이 사람 저 사람에게 선뜻 한국에 초대를 하겠다고 말했다. 실제로 우치히 박사는 그 후 한국을 방문했을 때 우리 집에 초대해 한국 음식을 대접하고, 아들이 직접 안내하겠다고 해서 계룡산까지 같이 다녀왔다. 나보다 아들과 우정을 더 돈독히 한 것 같다. 시펙 교수 역시 아들에게 마치 친할아버지처럼 다정하게 대해 주고 질문에 자세히 설명을 해주었다. 한국에 꼭 오시라고 했는데 너무 연로해 아시아까지 가기는 힘들다고 하여 아들이 많이 서운해했다. 이후 서로 편지도 교환했다. 16세 감수성이 예민할 나이에 방학 때 학원도 보내지 않고 공부다 제치고 데리고 다니길 잘한 것 같다. 부자유친(父子有親)도 되고.

아들과 함께 다니다 보니 아이들의 어린 시절이 생각났다. 우리 세 아이 모두 내가 유학 시절에 태어났다. 큰아이는 박사과정 중에 아이오와에서, 둘째와 셋째는 박사후연구원 시기에 신시내티에서 태어났다. 주위에 부모님이나 가까운 지인들도 없이 아내와 둘이 세 아이를 키우며 유학 생활을 이어가는 것이 몹시 고됐다. 당시 내 입장에서 볼 때 미국이 우리 아이들 셋을 자국민으로 간주하여 예방접종 등 여러 보살핌을 제공하는 것이 이상했지만, 세 아이가 외국에서 모두 건강히 자랄 수 있었던 데 미국의 좋은 유아 지원시스템도 한몫한 것 같다.

대덕연구단지에도 외국인이 많아졌다. 그들은 유학을 마치고 돌아갈 외국인 과학도들이다. 내가 근무하던 연구소와 연계된 UST 대학원에도 한국으로 유학 온 외국학생들이 있었다. 그들을 보면서 나의 유학 시절을 돌아보며 타향살이가 얼마나 힘들지 가늠해보곤 했다.

한번은 외국인 제자 부부가 아기를 낳았다는 소식을 듣고 옛날 생각이 새록새록 떠올랐다. 유학 시절에 첫아들을 낳고 미국

교수들로부터 아기 옷이나 인형 등 여러 가지 선물을 받았던 것이 생각났다. 그래서 나도 부랴부랴 아기 옷을 준비해 그들에게 선물했다. 선물을 전하며 '아기가 어떤지 궁금하다'고 아기 아빠에게 말하였더니, 집에 온 지 사흘밖에 안 된 아기를 꼭 보러 오라고 초대하였다. 얼결에 연구소 근처 원룸에 따라가 보았다. 포대기에 꽁꽁 싸맨 아기가 엄마와 함께 침대에 있었다. 아기가 빛을 싫어하여 낮에는 자고 밤에는 깨어 있다고 했다. 곤히 자고 있는 아기를 두 부부가 바라보며 연신 행복한 표정을 지었다. 나에게 눈뜬 모습을 보이고 싶어 자는 아이를 굳이 깨우는 바람에 결국 울음보가 터졌다. 태어난 지 며칠 되지 않은 아기인데도 몇 주 지난 아이처럼 또릿또릿했다. 눈도 잘 뜨고 꼼지락꼼지락 잘도 움직였다. 자다가 깬 것이 억울해서인지 얼굴이 새빨개지도록 울어 많이 미안했다. 우리나라는 백일도 안 된 아기는 가족 외에는 잘 보여주지 않고 밖에 데리고 나가는 것도 삼가는데, 우리와는 다르게 아이를 키우는 것 같았다. 며칠 후 연구소에 아빠가 아기를 한 팔에 턱 안고 나타났는데, 덥다고 맨몸에 포대기 하나만 덮은 모습이 아기인지 인형인지 구분이 안 될 정도로 참 귀여웠다.

외국인 제자 부부의 모습을 볼 때마다 첫아이를 미국에서 낳았을 때 우리 부부의 여러 가지 상황이 떠오르면서 안쓰러운 맘이 들었다. 아직 부부가 박사과정인데, 우리나라에는 외국인 유학생의 아이들을 돌봐주는 공공기관이 없어서 걱정도 되었다. 그런데도 부부가 힘든 기색도 별로 없이 아기를 무척 사랑하고 학업에도 열심이어서 그 모습이 아름다워 보였다. 그 귀여운 파키스탄 아기가 한국에 대한 좋은 추억을 가지고 건강히 성장했기를⋯⋯.

연구소와 미디어

　　연구소에서 '대외협력실장'이라는 행정보직을 맡은 적이 있다. 경영전략팀, 성과확산팀, 홍보팀을 담당하는 보직이어서 연구 외에 연구소 대내외 행정을 자세히 알아볼 수 있는 기회였다. 연구소 대내외 관계 일을 하며 다른 연구소와의 협업, 우리 연구소에서 진행한 연구와 그 결과를 외부(언론 매체)에 알리는 일의 중요성 등에 관해 총체적 공부를 한 셈이다.

　　홍보팀은 연구소에서 하는 일들을 외부에 알리는 창구 역할을 하는 부서로, 그 어느 때보다 대국민 홍보를 강조하는 시기에 그 중요성이 더욱 커지고 있었다. 가까이 접해 보니 미디어 혹은 홍보팀의 관행 중 시정되기 어려운 부분이 많다는 것을 알게 되었다. 여러 가지 사안을 알게 되니, 평소에 매스컴과 아주 담을 쌓고 살아가는 사람들을 이해하게 되었다.

　　나도 언론과 얽힌 좋지 않은 기억이 있다. 영년직인 연구위원에 선임되었는데 연봉을 20% 올려주고 이외 여러 가지 특례가 있었다. 그것을 이공계의 고무적 현상으로 홍보하기 위해 연구원 역대 연봉의 시대가 왔느니 하면서 신문에 특집기사를 낸 것이다. 이건 정말 아니다 싶어 홍보팀에 당장 기사를 취소하고 신문기사도 더 이상 싣지 말라고 항의한 적이 있다. 연봉을 더 받는다는 걸 기사에 낼 일인지, 연구자들을 오히려 깎아내린다는 생각이 들어 이런 유치한 일이 다 있느냐며 화를 냈던 것이다. 그동안 업적을 평가해 영년직에 연봉을 올려주겠다 하여 그냥 명예롭게 생각하고 있었다. 그 후에 원장이 바뀌고 어떠한 이유인지는 모르겠지만 규정을 바꾸어 연봉을 다시 되돌려 더 황당하였다. 연구소와 맺은 고용계약서는 그대로 무시되었다.

대덕연구단지에는 연구소별로 나오는 기관지와 뉴스레터, 홍보 책자들이 있다. 연구소 홍보팀의 역할은 일방적 알림에서 벗어나 학생, 일반인들로부터 연구 과정이나 결과에 관한 질문도 받고 설명도 해주는 쌍방 커뮤니케이션 형태로 발전해야 한다고 생각한다. 보도자료를 만들어 기자들에게 배포하는 것 외에 다양한 방식으로 활발한 소통과 공감의 창구를 만든다면 광고성 기사나 기사의 오류도 줄어들 것이다.

이 시대를 커뮤니케이션 시대라고들 말한다. 시공간을 뛰어넘어 세계적인 연구자와 과학자, 기업가 등의 강연을 듣고 페이스북과 같은 SNS에서 정보를 나누고 교류할 수 있는 시대가 되었다. 앞으로 쌍방향 미디어가 어떻게 전개될지, 연구원들은 이러한 미디어를 어떻게 활용할지 궁금하다. 지난 10여 년간 미디어는 정말 비약적으로, 쌍방이 소통하는 구조로 바뀌었다. 한쪽에서 일방적으로 뉴스를 확산시키는 대신 유튜브와 같은 인터넷 개인 방송으로 각자가 다른 방송을 하다 보니 서로 가짜 정보, 가짜 뉴스라고 주장하는 일도 잦아졌다. 수많은 정보의 진위를 파악하고 가치 있는 소통의 기회를 만들 줄 아는 사람의 판단력이 중요한 시대가 된 것 같다. 긍정적인 측면만큼 부정적인 면도 늘어난 거 같지만, 여러 뉴스를 보는 사람에게는 흥미로운 시대이다.

벤처 이야기

　미국 유학을 가기 전 화학연구소(현 화학연구원)에서 함께 연구하던 후배가 있다. KAIST 후배이기도 한 그는 신입생 환영식 때 새로운 기술을 개발하여 회사를 운영하겠다고 당당히 이야기해 매우 인상적이었다. 그때만 하더라도 KAIST에 들어오는 화학과 학생 대부분은 박사학위 후에 연구소나 대학에서 연구를 계속하겠다는 생각을 가졌기 때문이다. 그랬던 그가 석사학위를 마친 후 내가 있던 화학연구소로 들어오게 되어 화학연구소 초창기에 고생하면서 함께 지냈다.

　당시 화학연구소에서 플라스틱 폼 과제를 계속 수행하였던 그가 그 과제를 상용화하기 위해 과제를 맡겼던 회사로 옮겼다는 소식을 미국 유학 중에 듣게 되었다. 1987년 귀국하여 그를 다시 만났는데 그 회사를 그만두고 KAIST에서 박사학위를 받았다고 했다. 이후 그는 오래전 자신이 말한 것처럼 개인회사 연구소를 만들어서 여러 기술을 개발하였다. 그의 회사는 초기에 운영에 어려움을 많이 겪었지만, 1990년대에 컴퓨터 프린터에 들어가는 잉크를 만들고 카트리지를 리필하는 사업을 시작해 국내 잉크 분야의 기술을 리드하는 중견기업으로 성장하였다. 이후에도 그의 회사는 끊임없는 연구개발을 통해 전자소자 제조에 사용되는 전자잉크를 개발하여 잉크젯 분야와 프린팅 전자소재 분야에서 선도적 회사가 되었다.

그 후배가 바로 ㈜잉크테크의 정광춘 대표이다. 그는 한국공업화학회 회장도 역임하고 사회적으로도 많은 활동과 후원을 하고 있다. 아직도 그는 회사에서 점퍼 차림으로 다른 직원들과 함께 지내며 기술에 대해 토론하는 기술자이다. 이런 사람이 정말 본인의 열정과 노력으로 값진 결실을 일구어낸 성공한 벤처기업가라고 생각한다. 이제 정광춘 대표는 젊었을 때부터 자신이 가지고 있던 꿈을 이룬 화학 벤처회사의 롤 모델로 후배들에게 좋은 귀감이되고 있다.

내 아들도 KAIST 재학 중에 정보통신부 경진대회에서 상금을 받아 친구들과 정보기술을 기반으로 벤처를 창업하였다. 이 벤처회사는 탁월한 자동 영상 인식기술을 갖고 있었는데 이후 여러 과정을 거쳐 미국의 한 회사에서 인수하였고, 그 기술로 미국 에미상의 기술부분 수상자가 되었다고 한다. 본인이 원하는 일이라 말릴 수는 없는 일이고 더욱이 내 분야가 아니라 조언을 해줄 수도 없어 바라만 보고 있을 수밖에 없었다. 그런 중에 벤처란 기술,

인문, 경영 등을 망라한 종합예술이고, 성공하려면 학위를 받을 때보다 몇 배의 에너지와 노력이 필요한 곳이 벤처회사라는 것을 알게 되었다.

지금 대덕연구단지에는 많은 벤처회사가 생겨나고 있고 그중에서 크게 성공한 벤처도 여럿이다. 한동안 벤처를 한다는 게 유행처럼 되어 너도나도 나섰다. 연구소들도 한때 연구원들이 벤처를 하는 것을 장려했다. 또 학생들도 정보통신부 같은 부처가 주관하는 벤처 관련 경진대회에 참가해 상금을 받은 후 빌 게이츠나 스티브 잡스처럼 학교를 그만두고 벤처를 시작하는 경우도 있었다. 그러나 이렇게 시작한 벤처 중 성공한 곳이 얼마나 될까 궁금하다. 벤처 후기는 기사나 사례 연구가 많지 않아 잘 접할 수 없다. 벤처를 장려하기에 앞서 보다 치밀한 교육과 안내가 필요하리라 생각한다. 기업이나 금융에 관한 지식을 갖추지 않은 채 아이디어와 기술만 믿고 뛰어든다면 얼마나 무모한 일이 될 것인가?

요새는 중소벤처기업부가 생겨서 벤처 창업하기가 수월해진 것 같다. 이런 곳에서 아이디어와 기술만 믿고 벤처를 꿈꾸는 연구원이나 학생들을 체계적으로 교육해야 한다. 사업성을 냉정히 분석·평가하고 성공한 벤처기업가를 초빙해 자세한 과정을 가르치고, 투자사나 은행을 통해 자금운용 방법 등을 안내해주는 것이다. 벤처 시작부터 진행 과정을 일일이 점검해주는 등 제도적 장치를 마련하고 현실에서 위험에 빠지지 않도록 인큐베이팅을 해주어야 한다.

열정이나 의욕만 가지고 살아갈 수 없다는 것, 빌 게이츠나 스티브 잡스 같은 경우가 그냥 마음만 먹는다고 되는 것이 아니라는 점을 기술을 개발하는 사람들은 간과할 수 있다. 실패한 벤처들의 이야기를 담은 다큐멘터리를 만들어 보여주는 것도 교육의 한 방편이 될 것 같다. 성공한 예는 이미 많이 보았을 것이다. 새롭고 참신하게 여겨지던 기술이 왜 현실에서 실패하였는지, 그 요인을 분석할 수 있는 사례를 보여주고 자세히 논의할 수 있는 프로그램이 마련된다면 벤처를 시작하려는 이들에게 현실적으로 도움이 될 것이다. 유능한 젊은이들이 고유한 아이디어와 기술로 성공한 벤처를 많이 만들어내는 것이 자원이 부족한 우리나라의 살길이라고 한다면, 그 살길이 죽을 길이 되지 않도록 안전장치를 잘 만들어놓아야 할 것이다.

"누가 얘기한 것처럼 창업은 구직이나 승진의 탈출 수단이 절대 아닙니다.

일부 프로파간다적 언론에서 보여지는 멋진 제복과 미화된 영웅담을 상상하며 참전한 전쟁터가 사실은 알고 보니 지옥보다 더 잔인한 정글이었고, 시간이 지남에 따라 이기적인 잔혹함과 숨막히고 무자비한 현실 속에서 단 하루라도 더 생존하기 위해 발버둥치던 내 자신을 발견했을 때 과연 내가 무엇을 위해 전쟁터에 왔었는지를 기억하는 사람이 얼마나 될까요.

어쩌다가 올라간 앞산이 고지 점령이 되어버려 자신도 모르게 영웅이 되는 시대적 운을 받는 극소수가 만들어낸 그 신기루를 따라가다 희생된 젊음과 시간은 누가 보상해줄까요.

'젊었을 때 좋은 경험'이란 표현은 자기 힘으로 고지에 올라가 살아남은 자들이 과거를 회상하며 치렀던 잔혹했던 전투들을 미화할 때 쓰는 단어라고 생각합니다."

— 어느 벤처인의 글

대덕연구단지와 문화

　연구소는 일의 특성상 무미건조한 분위기가 되기 쉬운 곳이다. 그래서 요즈음 일부 연구소들은 음악 행사나 미술품 전시 등을 하면서 무미건조한 분위기에 생기를 불어넣는 예술적 시도를 하고 있다. 연구소에서 다루는 것이 주로 과학기술이다 보니 '과학과 문화', '과학과 예술의 융합', '예술을 통한 창의적 연구' 등의 포럼도 종종 연다.

　이처럼 과학기술에서 오는 무미건조함을 희석하려는 노력들을 일부에서 하고 있지만, 연구소라는 공간은 여전히 문화나 예술이 들어와 공존하기에는 한계가 있는 듯하다. 이공계를 전공하고 과학기술에만 종사하는 사람들이 이해하기에는 좀 어려운, 어떤 다른 차원이 문화예술 분야에 존재하기 때문인 것 같다. 더욱이 당장 연구결과에 급급하게 매달려야 하는 상황에서 자신들에게 주어지지 않은, 이해하기 힘든 부분까지 애써 찾아다니게 되지는 않는 것이 현실이다.

모르고 살 때는 당연하게 여기던 것을 어떤 계기로 '이게 아니었구나, 다르게 사는 인생도 있구나' 하고 깨닫게 되는 경우가 있다. 세 남매 중 막내가 한국예술종합학교(한예종) 건축과를 졸업하던 날에는 '정말 이렇게 다른 분위기로 졸업할 수도 있구나' 하는 강한 인상을 받았다. 졸업식 중에 합창단이 와인 잔을 들고 나타나 노래를 부르며 객석에 있는 사람들에게 잔을 나눠주기도 하는 등 졸업식 진행 과정이 한 편의 무대공연 그 자체였다. 연구단지에서는 어떤 행사에서도 그런 분위기는 기대하기 힘들다. 구성원이 다르니 어쩔 수 없겠지만 밋밋하고 의례적으로 해야 하는 행사들이 주로 있을 뿐이다. 과학기술에 종사하는 사람들이 이렇게 집단으로 모여 살면서 자신들에게 결핍된 것을 방치한 채 살아가야 한다니 참 아쉬운 일이다. KAIST가 서남표 총장 시절 한예종과 자매결연을 맺고 두 학교의 학생들이 서로 방문하고 강의도 교환해서 듣고 하는 것을 보면서 서총장은 정말 선진적 사고를 지닌 분이라는 생각이 들었다. 이후 KAIST는 한예종과 교류를 통해 과학기술과 예술을 접목하고 융합의 폭을 넓혀가고 있다.

대전시립미술관에서 열린 북 콘서트에 참석한 적이 있다. 《미술관에 간 화학자》, 《미술관에 간 경제학자》, 《미술관에 간 CEO》의 저자들을 초대해서 좌담회 형식으로 대화를 나누며 그림을 보는 흥미로운 자리였다. 그중 《미술관에 간 화학자》를 집필한 전창림 박사는 예전에 화학연구원에서 근무한 적이 있고, 《미술관에

대전컨벤션센터를 중심으로 사이언스콤플렉스와 한빛탑, 엑스포다리 등이 멋진 풍경을 이루고 있다. 대전이 고유의 특색을 지닌 과학문화도시로 발전하길 소망한다.

간 경제학자》를 쓴 최병서 교수는 고등학교 동기여서 더욱 관심이 갔다. 그리고 《미술관에 간 CEO》를 쓴 김창대 교수는 왜 애플이나 마이크로소프트 같은 세계적인 기업의 CEO들이 고가의 미술품을 회사 여기저기에 걸어두고 경영에 예술을 접목하려는지 흥미롭게 이야기하였다. 연구소 경영진들이 참고해야 할 부분이었다. 세 책의 저자들의 이야기를 들으며 '전공이 다르면 같은 그림도 이렇게 다르게 보고 다르게 느끼는 구나' 하고 놀랐다. 저자들끼리도 서로 놀라고 흥미로워했다. 하나의 미술작품을 다양한 시각에서 바라볼 수 있다는 것이 정말 흥미로웠다. 앞으로 서로 다른 분야의 연구자들이 모여 하나의 이슈를 놓고 각자의 시각으로 논하는 이런 시간을 가진다면, 새로운 브레인스토밍 시간이 될 것 같다는 좋은 아이디어들도 많이 떠오른 시간이었다. 연구원들의 삶에도 뭔가 윤활유가 될 만한 문화적 행사, 여가생활을 누릴 만한 공간 등이 주어진다면, 보다 생기 있고 여유 있는 보다 즐거운 분위기 속에서 연구를 진행할 수 있지 않을까.

화학연구원 원장 재임 시 정문 옆에 세워진 디딤돌플라자 1층에 갤러리를 만들어 문화공간으로 사용하였다. 그러나 원장 임기를 마친 후 갤러리 담당 부서에서 운영의 어려움 때문인지 그곳이 홍보관으로 바뀌게 되었다. KAIST의 이광형 총장이 디딤돌플라자의 갤러리를 연구원이 운영하기 힘들면 위탁 운영해주겠다고까지 했었는데, 단조로운 연구소 분위기에서 예술을 가까이에서 접할 기회를 놓친 것이 아쉽다.

그동안 대덕연구단지는 대전에 속해 있으면서도 갑천을 사이에 두고 떨어져 있어 대전 시민과의 교류는 사실상 많지 않았다. 2015년에 대덕연구단지 내 기관장들의 모임인 연기협(대덕연구개발특구기관장협의회)의 회장직을 수행하고 있을 때 마침 '대전사이언스페스티벌'의 조직위원장을 맡게 되었다. 대전엑스포가 개최된 후 대전에서는 시민, 학생, 과학기술인이 함께 하는 축제인 사이언스페스티벌을 매년 연례적인 과학문화 행사로 개최하고 있었다. 대전 시민과 학생들이 다양한 프로그램으로 과학을 체험하고 즐길 수 있을 뿐 아니라 대덕연구단지와 대전을 연결하고 교류하는 좋은 기회라 생각되어 출연연 등 대덕단지 내 기관들의 참여를 확대하고, 다양한 프로그램을 만들기 위해 여러 노력을 기울였다.

2015년에 대전에서 개최된 OECD 과학기술정상회의에서 대전선언문이 발표되었다. 행사 마지막 날 참석한 기관장들 사이에 이를 기념하는 후속 사업이 자연스럽게 논의되었다. 이후 연구원들과 시민들의 교류를 활성화하고 문화예술을 통해 공감의식을 높이는 차원에서 과학문화포럼을 개최하는 것으로 의견을 모았다. 2016년부터 글로벌 이슈 강연, 그리고 과학과 문화예술이 만나는 TED식 과학문화 강연인 '세계과학문화포럼'이 대전사이언스페스티벌과 연계하여 시작되었다.

앞으로 대전사이언스페스티벌을 통해 과학과 문화가 어울리는 고유의 과학문화가 대전에서 꾸준히 창출되기 위하여 국제적 수준의 과학문화 복합공간을 만들면 광주 비엔날레, 부산 국제영화제처럼 국제과학문화축제로 발전할 수 있을 것이다. 대덕연구단지가 조성된 이후 지난 50년이 과학도시의 기반을 닦는 기간이었다면, 앞으로의 50년은 진정한 과학문화도시로 발전해가는 시간이 되어야 할 것이다.

디딤돌플라자와
표준연구원 정문

　　디딤돌플라자는 화학연구원이 연구소 40주년에 맞추어 기획한 건물이다. 중소기업지원 업무 공간과 복합과학문화 공간으로 구성되었다. 원장으로 취임하자마자 첫 번째로 관여한 건물이었는데 원래 설계가 거의 다 끝난 상태였다. 연구소 뒤편 산 위에 짓기로 되어 있었는데 위치가 아무래도 마음에 걸렸다. '산 위에 지으면 중소기업이나 외부인이 사용하기에 불편해 제대로 활용되지 않을 것 같다'는 연구원들의 이의 제기도 있었다. 이미 결정되었던 일이라 변경하기가 힘들었지만, 여러 논의를 거치며 고심 끝에 장소를 연구소 입구로 옮기는 결정을 거의 밀어붙이다시피 하였다.

　　디딤돌플라자는 화학연구원의 디딤돌 사업을 형상화한 지상 4층의 건물이다. 중소기업이 상시 활용할 수 있는 공간뿐만 아니라 시민과 과학기술계가 소통할 수 있는 공간으로 구성하였다. 이에 1층에는 누구나 들릴 수 있는 카페와 전시관을, 2층과 3층에는 중소기업지원 공간과 세미나실, 4층에는 강당을 두었다.

'디딤돌플라자'라는 건물 이름은 공모를 통해 선정한 것이다(제안자 임헌성). 건물 위치를 산 위에서 연구원 정문 쪽으로 옮긴 것은 아주 탁월한 결정으로 아직도 당시 원장이었던 나의 큰 업적으로 평가받고 있다. 디딤돌플라자 건물을 지으면서 연구원 정문과 상징물도 표준연구원 정문을 설계한 이해욱 교수에게 의뢰해 새로 설치하였다. 갑자기 화학연구원의 모습이 확 달라져서 연구단지 내에서 가장 좋은 연구원이 된 듯하였다. 그동안 표준연구원의 현대 조각 같은 정문을 보면서 은근히 부러워했는데, 위용을 자랑하듯 멋지게 새단장을 한 화학연구원 입구의 모습을 보며 건물의 성공에서 설계와 함께 거기에 걸맞은 위치가 얼마나 중요한지 깨닫게 되었다.

표준연구원 정문은 연구소의 고유 임무를 상징적으로 나타내기 위한 취지에서 측정의 기본 단위들을 새로운 방식으로 표현하도록 설계되었다고 한다. 물질량, 온도, 시간, 질량, 전류, 길이, 광도, 이 일곱 가지가 바로 측정에 사용하는 기본 단위다. 이 단위들을 바탕으로 일상의 모든 복잡한 단위들이 만들어진다. 일반적으로 이 단위들은 막연하게 느껴지기 마련인데, 표준연구원 정문에서는 이들을 한눈에 새로운 방식으로 접할 수 있다.

연구단지 네거리에서 연구재단 쪽으로 가다 보면 살짝 빛이 비

화학연구원 정문 쪽에 디딤돌플라자가 세워지면서 연구원 입구가 환해졌다(위). 측정의
일곱 가지 기본 단위를 상징하기 위해 서로 다른 재료로 만들어진 표준연구원 정문의
일곱 기둥은 과학과 예술의 융합을 보여준다(아래).

치는 표준연구원 정문이 보인다. 표준연구원의 아름다운 경관과 아주 잘 어울리는 정문은 측정의 일곱 가지 기본 단위를 나타내기 위해 각기 다른 재료로 만들어진 일곱 기둥으로 이루어져 있다. 먼저, 물질량(mol)을 표현한 기둥은 종류에 따라 그 구성요소가 다른 화강암으로, 온도(K)를 표현한 기둥은 점토를 원료로 고온에서 구워 만들어내는 벽돌로 만들어졌다. 시간(S)을 표현한 기둥은 공기 중에 노출된 금속이 시간에 따라 산화되는 특성을 나타낼 수 있는 철판으로, 질량(Kg)을 표현한 기둥은 고유의 중량감을 표현해줄 수 있는 건축 재료인 콘크리트로 만들어졌다. 전류(A)를 표현한 기둥은 전류를 잘 전달하는 대표적인 물질 중 하나인 알루미늄으로, 가장 오래전부터 사용된 측정 단위인 길이(m)를 표현한 기둥은 가장 오래도록 일상생활에서 널리 사용되는 목재로 만들어졌다. 끝으로, 광도(Cd)를 표현한 기둥은 빛을 반사, 투과, 흡수하는 성질을 갖는 유리로 만들어졌다. 이렇게 각기 다른 재료를 사용한 일곱 기둥은 그 단순한 마무리로 인해 더욱 눈길을 끈다. 재료 자체의 색깔도 아름다울 뿐 아니라 밤에 조명을 켜놓으면 또 다른 느낌을 준다.

창립 30주년을 맞아 이런 시도를 한 표준연구원은 대덕연구단지에서는 매우 드물게 예술에 눈뜬 기관이라 할 수 있다. 기관장이 이런 감각이 있는지 없는지에 따라 그 기관의 분위기가 많이 달라지는 것 같다. 연구소마다 이런 시도를 한다면 연구원들은 자신이 하는 연구의 의미가 무엇인지 되새기고, 자신이 속한 연구소와 함께한다는 소속감도 느낄 수 있을 것이다. 학생들이 견학을 오기에도 좋을 장소가 될 수 있다. 이는 자연스럽게 과학과 예술의 융합이 이루어지는 계기가 될 것이다.

맛있는 화학

일반인들은 보통 화학이 접근하기 어렵고 자신과 별 상관이 없다고 생각하며 산다. 화학은 사실 다방면으로 우리 생활 전반에 스며들어 있는데, 이를 인식하지 못하고 지내는 것이다. 나의 원장 임기 중에 화학연구원이 40주년을 맞이하게 되어 일반인들에게 알기 쉬운 화학을 선물하면 좋겠다는 생각이 들었다. 마침 대덕연구단지 내의 여러 연구소들이 울타리를 허물고 일반 시민들에게 친근하게 다가가고자 하는 움직임이 있을 때였다. 공간적인 담만 허물게 아니라 연구의 담도 허물어 일반인들이 화학이라는 영역에 관심을 갖고 쉽게 접근하는 계기가 되길 바라면서 《맛있는 화학》이라는 제목의 책을 기획하게 되었다.

'화학이 맛있다!'라니 무슨 말인가 생소하게 들리겠지만, 그만큼 가깝게 즐길 수 있다는 것을 나타내고자 생각해낸 표현이다. 오래전에 주위에서 교육에 열성적인 연구원들이 자녀들에게 화학을 직접 가르쳐서 경시에도 내보는 경우를 보았다. 아마도 많은 정성과 인내가 필요했을 것이다. 나도 아이들을 위해 베란다에 간이 실험실을 만들고 화학을 가르치려고 시도해본 적이 있다. 생각처럼 잘 되지 않고 참 어려운 일이었다. 그때 초등학생이던 아들이 부엌에서 온갖 양념을 가져다가 섞어서 스트레스 해소제라고 만들어 동생들과 집에 찾아온 친구들에게 한 숟가락씩 먹이는 등 놀이터가 되어버리기 일쑤였다. 아이들 수준에 맞는 놀이를 하면서 쉽고 기본적인 실험을 가르칠 수 있었다면 좋았으련만 어떻게 하면 좋을지 생각만 하다가 시간이 지나고 말았다. 돌이켜 생각하면 자녀를 직접 가르쳐 화학경시에 내보내는 연구원들이 대단한 사람들이었다는 생각이 든다.

그러다가 아이들이 성장하고 결혼하고 그들 자신이 부모가 되었다. 우연히 아기 이유식을 만드는 모습을 본 적이 있는데 마치 부엌이 실험실이 된 것 같았다. 예전에 우리가 대충 만들어주던 것과 다르게 저울, 계량컵, 계량스푼, 온도계 등을 사용하여 아기의 발달 상황에 맞춰 영양가 있으면서도 맛있는 음식을 만들어주려 노력하고 있었다. 이유식을 실험하듯 만드는 모습을 보며 '나중에 저 아기들이 크면 부엌에서 부모와 자녀가 실험하듯 요리를 하면서 화학에 관한 대화를 나눌 수도 있겠구나, 그러면 화학을 자연스럽게 알게 되겠구나' 하는 생각이 들었다. 알게 되면 쉽고 쉬우면 재미있는 법 아닌가.

화학은 사실 우리 생활 곳곳에 스며들
어 있다. 특히 음식을 만드는 요리 과정
은 여러 가지 화학적 요소와 화학 작용
으로 이루어진다고 할 수 있다.

일반인에게 화학을 쉽고 재미있게 전하자는 생각에서 기획한
《맛있는 화학》은 내 뜻에 공감하는 연구원들과 ㈜동아에스엔씨
의 도움이 더해져 기대 이상의 내용이 탄탄하고 실생활에도 도움
이 될 만한 책으로 발간되었다. 《맛있는 화학》에는 음식의 기본
맛을 내는 소금, 설탕, 식초, 기름, 장에 관한 자세한 유래와 함께
그와 관련된 화학 내용이 담겨 있다. 그 내용을 바탕으로 여러 가
지 음식 조리법과 화학실험을 요리에 직접 적용하는 분자요리 등
을 소개하였다. 모쪼록 이 책을 통해 많은 이들이 화학에 대한 새
로운 시야를 지니게 되고 우리 생활에 가장 가까운 요리가 화학
그 자체라는 사실을 깨닫게 되었기를 바란다.

가정에서 식사를 준비할 때 간단한 실험정신을 가미해 요리해

보고 그 과정을 부모와 아이들이 대화로 나눌 수 있다면 가족의 식사 시간이 더욱 즐겁고 흥미로운 시간이 될 것이다. 어린 시절에 재미있게 화학의 세계를 접한 아이들, 놀면서 화학을 접한 아이들은 화학을 어려워하지 않을 것이다. 그들이 화학에 애정과 이해를 지닌 어른으로 성장해 훗날 대덕연구단지에서 화학과 함께하는 모습을 상상해본다.

안전한 화학

화학물질로 이루어진 각종 상품으로 인해 화학은 현대인에게 필수적인 존재가 되었다. 그러나 화학물질은 인간의 삶을 풍요롭게도 하지만 부주의하게 사용하면 치명적인 위해를 일으킬 수 있다. 2011년 원인 불명의 폐 손상 원인이 가습기 살균제라고 발표되었다. 화학물질에 대한 허술한 관리와 국가제도상의 미비로 생긴 참담한 일이었다.

가습기 살균제는 원래 외국에서 가습기 세정제로 사용하던 물질인데 국내에서 살균제로 탈바꿈하였다. 같은 화학물질이라도 용도에 따라 인체에 미치는 영향은 크게 다르다. 가습기 살균제 사건에는 정부의 관리 소홀이란 치명적인 잘못이 숨어 있다. 가습기 세척 용도로 써야 할 물질을 가습기 물에 넣어 분사하면서 예상치 못한 일이 발생했다. 가습기에서 발생한 미세한 물방울에 이 물질들이 함께 포함되어 사람들의 폐 속 깊숙이 염증을 일으킨 것이다. 염증이 반복되면서 세포조직이 섬유질로 변해 딱딱하게 굳어지고 호흡곤란 등을 일으키며 결국 사망에 이르게 된 것이다.

피해 예방에 실패한 것은 가습기 살균제가 공산품으로 분류되어 식품위생법이나 약사법이 아닌 일반적인 안전기준만 적용받았기 때문이다. 가습기 살균제의 독성정보를 알고서도 원료를 공급한 제조사나, 흡입독성에 대한 자료도 확보하지 않고 인체에 무해하다고 광고한 기업들이 이 사건의 원인이다.

가습기 살균제 피해와 같은 화학물질 안전사고 이후 화평법(화학물질의 등록 및 평가 등에 관한 법률)이 제정되었다. 화평법에서는 화학물질의 안전을 지키기 위해 규제를 강화하는 동시에 여러 보안장치를 함께 마련하였다. 모든 화학물질은 인체의 위해성을 평가한 후 등록을 허가하고 있다. 화학물질의 유해성 및 유해성 평가는 상당한 비용과 시간이 들어가는 일이어서 산업계의 반발이 있었지만 국민의 안전을 위해서는 반드시 해야 하는 작업이다. 선진국에서는 이미 시행하고 있는 조치이기도 하다.

가습기 살균제 피해와 같은 사건 때문에 한때 화학물질에 대한 대중의 거부반응이 확산되고 화학물질 자체를 기피하는 '케미포비아(chemiphobia)'라는 용어가 유행어처럼 사용되었다. 국민의 건강을 살피지 않은 무책임한 정부와 기업의 행태 때문에 화학물질 전체가 어처구니없는 오명을 뒤집어쓰게 된 것이다. 화학연구원의 입장에서는 매우 우려스러운 일이었다. 화학물질을 안전하게

화학물질은 어떻게 사용하느냐에 따라 우리 삶에 해로운 독이 될 수도, 이로운 약이 될 수도 있다. 그래서 기본적인 화학지식을 익히고 안전하게 사용하는 것이 무엇보다 중요하다.

사용하면 우리의 삶에 얼마나 놀라운 도움을 주는지 알리고 불필요한 오해 등을 없애는 노력이 필요하다는 것을 절실히 느꼈다.

그래서 화학물질에 대한 포괄적인 오해를 없애고 일반인들이 누구나 화학제품을 사용할 때 도움이 되는 기본적인 화학지식을 지닐 수 있도록 연구소 차원에서 《안전한 화학》이라는 책자를 안전성평가연구소와 함께 발간하게 되었다. 안전성평가연구소는 우리나라 화학물질의 안전성 평가 연구를 주도하는 곳으로, 화학연구원 부설로 설립된 이래 화학물질의 독성을 평가하고 사고를 예방하여 국민이 안전하게 화학물질을 사용할 수 있도록 힘쓰고 있는 기관이다.

《안전한 화학》에는 세제, 살균제, 정수기, 공기청정기, 화장품,

비료, 의약품, 합성섬유 등 다양한 분야에서 사용되는 화학제품의 정보를 담았다. 해당 제품들에 사용되는 화학물질에 대해 쉽고 자세히 설명하여 사람들의 불필요한 걱정을 해소시키려 하였다. 나아가 우리 주변의 화학제품들을 올바로 사용하는 데 도움을 주고자 하였다.

근래에 이슈가 되었던 미세먼지에 대해 잠깐 덧붙이면, 요리할 때 생기는 미세먼지를 줄이는 방법을 알아보기 위해 몇 가지 구이 요리를 대상으로 조사를 실시하였다고 한다. 그 결과 고등어구이를 할 때 미세먼지가 나쁨 수준의 23배에 가까운 양이 나왔다는 소식이 전해지고, 고등어구이가 미세먼지의 주범처럼 되었던 해프닝이 있었다. 그러나 사실 해당 조사의 핵심은 구이요리 후 15분만 환기하면 미세먼지 대부분이 없어진다는 것이었다. 이처럼 민감한 정보를 전할 때에는 무엇을, 어떻게 전달해야 할지를 상당히 주의해야 할 일이다.

미술관에 간 화학자

파울 클레(Paul Klee)는 내가 좋아하는 화가다. 그의 동화 같은 추상화는 언제나 마음을 차분하게 하면서도 즐겁게 한다. 클레를 특별히 다른 화가보다 더욱 좋아하게 된 것은 클레미술관을 방문한 다음부터이다. 나는 외국 학회에 참석하게 되면 항상 학회가 개최되는 도시의 미술관을 방문한다. 미술관에 가면 그 도시의 문화를 가장 잘 알 수 있고 작품들을 직접 보면서 새로운 느낌을 얻을 수 있기 때문이다.

스위스 베른에 위치한 클레미술관은 파리의 퐁피두센터를 설계한 것으로도 유명한 세계적인 건축가 렌조 피아노(Renzo Piano)가 건물을 설계하였다. 건축을 전공한 막내 덕분에 좀 알게 되었는데 미술관 건물도 클레의 그림 못지않게 사람을 끄는 독특함이 있다. 스위스 베른에 도착하여 어렵게 버스를 타고 찾아간 클레미술관은 물결치는 모습을 하고 있었다. 너른 들판에 자연에 묻혀 있는 듯한 미술관 건물은 정말 대지와 잘 어우러졌다. 우리나라도 근래에 독창적인 건물들이 많이 생겼지만, 무미건조한 건물 대신 재능 있는 건축가들이 참여한 멋진 건물들이 더 많이 지었겼으면 좋겠다는 생각이 들었다.

미술관 안에는 클레의 수많은 작품이 시대별로 설명과 함께 잘 전시되어 있었다. 화가로서의 클레뿐 아니라 그동안 알지 못했던 음악가, 교육자, 시인으로서의 면모도 느낄 수 있었다. 클레미술관 바로 옆에는 클레의 묘가 있었다.

> "나는 이 세상 언어만으로는 이해되지 않을 것이다. 나는 죽은 자와도 아직 태어나지 않은 자와도 행복하게 살 수 있기 때문이다. 여느 사람보다 창조의 핵심에 가까워지긴 했으나 아직 충분하다고 말할 수는 없다."
>
> – 클레의 묘비 중에서

《미술관에 간 화학자》는 전창림 박사가 쓴 책 제목이다. '과학의 눈으로 보는 미술이 더 아름답다'는 내용을 담은, 화학자의 시각으로 쓴 참 독특한 책이다. 전창림 박사는 화학연구원에서 고분자 재료를 연구하였고 이후에는 홍익대학교 바이오 화학공학과 교수를 역임하였다. 화학연구원에는 나와 비슷한 시기에 들어와 친근하게 지냈다. 예전 동료가 쓴 책을 서점에서 발견하고 반가운 마음에 집어들었다. 어릴 때 화가가 꿈이었다는 저자는 이 책에서 미술적 측면에서 그림을 바라보는 기존의 시각과 다르게 과학의 눈으로 과학과 미술의 관계를 분석해놓았다.

이 책을 따라가다 보면 미술의 역사가 과학기술과 불가분의 관계가 있다는 점을 깨닫고 놀라게 된다. 물론 미술전공자들은 원래 그렇게 알고 있으니 놀라지 않겠지만 말이다. 화학도로서 같은 화학자들에게 이 책을 꼭 권하고 싶은 이유는 물감과 화학성분과의 관계가 많이 나오기 때문이다. 그림을 볼 때 그런 방향으로 보면 더 재미있고, 그런 사실을 알아차리는 재미도 쏠쏠하다.

전창림 박사는 과학자들이 가장 좋아하는 화가이며 만능 천재로 알려진 레오나르도 다 빈치가 화학에는 문외한이었다고 보았다. 그 이유는 다빈치의 〈회화론〉이라는 글에서 그림 패널을 준비하는 과정의 기록을 보면 화학적으로 잘못된 현상으로 나타나기 때문이다. 다빈치의 〈최후의 만찬〉은 그의 생전에 심한 박락이 일어나고 색체도 전체적으로 갈색이나 어두운 색으로 바뀌었다. 결과적으로 다빈치 그림들의 상태는 보존에 문제가 있었다고 한다.

과거의 화학자들은 연금술사들이었다. 이 책에서는 이 연금술로 나타나는 화학의 반응을 볼 수 있는 그림과 부산물로 생성되는 화학의 발전에 대해 우회적으로 언급한다. '진사(辰沙)'라는 원광에서 얻는 버밀리온(vermilion), 청금석에서 얻는 울트라마린(ultramarine) 등 물감을 얻는 과정이 다 화학이다. 납 성분으로 만든 물감을 쓰다 일찍 죽은 화가도 있다. 화학 실험을 소재로 한 그림들을 보면서 복사판이라도 연구소에 저런 그림들을 걸면 의미가 있지 않을까 하는 생각이 들었다.

과학이 인류에 기여한 것 중에 미술, 특히 회화에 이렇게 깊숙이 관여하고 있다는 것은 미처 생각해보지 못했다. 화학연구원에 함께 근무했던 전창림 박사의 책을 만나 반가왔고, 색다른 방향에서 그림과 화학을 접할 수 있어 더 좋았다. 이후 전박사가 이 책의 후속편과 함께 미술과 화학의 접점을 찾는 일을 많이 해오고 있음을 알게 되었다.

도예촌과 철화분청사기

　드리올리 교수는 이탈리아에 있는 그의 연구소를 방문하거나 그곳에서 주최하는 분리막 워크숍이 끝나면 나를 근처의 공방으로 안내해 작은 기념품들을 사 주었다. 나도 그가 대덕연구단지에 오면 가까이에 있는 종이 갤러리에서 전통 한지로 만든 기념품을 선물하기도 했다. 이렇게 다른 나라에 사는 연구자들이 서로 방문 연구를 하면서 교환하는 것은 과학만이 아닐 것이다.

　대덕연구단지 근처에도 우리나라 예술가들이 이탈리아처럼 작고 예쁜 공방이나 갤러리를 열어 외국에서 방문하는 연구자들을 안내하고 우리나라의 높은 예술성을 자랑할 수 있으면 하는 바람을 가지고 있었다. 그러다 마침 떠오른 것이 대덕연구단지에서 30분 거리에 있는 계룡산 자락의 도예촌(계룡산 도자예술촌)이었다. 정확히는 계룡산 북쪽에 해당하는 공주시 반포면 상신리로 도예가들이 형성한 예술인 마을이다.

　이 도예촌이 탄생하게 된 배경에는 화학연구원의 도예반을 이끌었던 유영문 박사가 있다. 유박사가 화학연구원에 근무할 때 자기 파편을 6년간 분석하였는데, 이는 맥이 끊긴 철화분청사기의 제작기법을 재현하는 데 주요한 역할을 하였다. 도예촌도 그가 주도하여 도예가들과 함께 부지를 공동으로 마련하여 시작한 것이었다. 유박사는 원래 요업재료 전공자로 수정, 루비 등을 이용한 레이저 소재를 연구하고 있었다. 당시 대전 지역의 중견 도예가인 이종수 씨를 만나 계룡산 도자기에 대한 이야기를 들은 후 단절된 철화분청사기를 재현해보기로 마음먹고 수년간 노력 끝에 제작기법에 성공한 것이었다. 화학연구원 내에는 동호회 모임으로 도예반이 있었는데 유영문 박사가 주도적 역할을 하였다. 나는 당시 활동은 별로 못했지만 회원으로 있었고, 그런 인연으로 아이들이 어렸을 때는 가끔 함께 계룡산에 갔다가 도예촌에 들러서 구경도 하고 직접 도자기를 만들어보기도 하였다.

아이들이 모두 성장한 후에는 한동안 도예촌을 잊고 지냈는데, 오랜만에 다시 찾아보니 그동안 공방들이 잘 정리되고 지역의 명소로 발전되어 있었다. 무엇보다 전에는 길이 아주 가팔라서 다니기가 어려웠는데 도예촌에 이르는 길과 주차장이 모두 정비되어 있었다. 해마다 '계룡산분청사기축제'도 개최한다고 하였다. 도예촌은 도예가들의 개성에 따라 제각기 다르게 지은 개인 공방과 도자공원, 주차장, 야외공원으로 이루어져 있었고 도자기 실습과 도예 캠프 등의 프로그램도 운영하고 있었다. 개인 공방마다 전시장

계룡산 도자예술촌이 대덕연구단지 가까이에 있어 감사하다. 대덕연구단지를 방문하는 외국인들이 한국의 아름다운 전통예술을 감상할 수 있으면 좋겠다.

을 갖추어 작가로부터 직접 작품 설명도 들을 수 있었다.

유영문 박사는 부경대학교 석좌교수로 초빙되어 LED-해양융합기술연구센터장을 맡아 국내 조명 분야에 큰 기여를 하였다. 오랜만에 다시 찾은 도예촌에는 강단에서 은퇴한 유영문 교수가 촌장으로 돌아와 살고 있었다. 한 연구자가 노력을 기울여 한국 전통 철화분청사기를 재현하고 이룬 이 '도예촌'은 참 의미가 깊다. 대덕연구단지를 방문하는 외국인들을 안내하여 한국의 아름다운 전통예술을 감상할 수 있게 해야겠다.

우리들의 음악회와
연구단지 아이들

오래전에 대덕연구단지 네거리에서 오른쪽 대덕초등학교 방향으로 조금 들어오면 '우래옥'이라는 전통이 있는 식당과 개인이 운영하는 '도예가의 집'이라는 카페 겸 문화공간이 있었다. 요즘은 이런 카페가 많지만 그 당시에 이러한 시도는 참 새롭게 느껴졌다. 도예가의 집은 당시 원자력연구소에 다니던 원동연 박사(현재 몽골 국제대학교 명예 총장)가 그곳이 너무 불모지처럼 느껴져 만든 공간이라고 한다. 도자기 전시도 하고 소규모 모임을 위한 장소로 대여도 해주는 문화 공간이었다.

1992년 독일에서 유학을 하고 돌아온 분들이 독일에서는 가족들이 모여 음악회를 한다는 이야기를 듣고, 아내가 우리도 해보자고 해서 도예가의 집을 빌려 음악회를 열게 되었다. 그 무렵 12세의 바이올리니스트 장영주의 이야기가 감동을 주어 악기를 가르치는 것이 붐을 이루기도 했다.

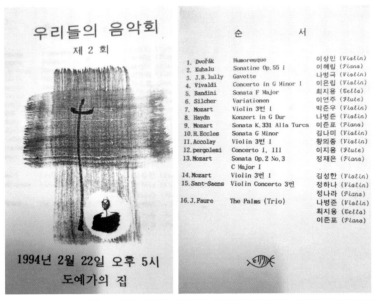

손때 묻은 이 팸플릿을 보면, 우리들의 음악회에 참여했던 연구원들, 진지한 자세로 연주에 임했던 아이들의 모습이 그립다.

음악회에서는 여러 악기들을 배우고 있던 초중등 자녀들이 연주를 했다. 아이들이 악기를 배우는 동안 친하게 지내면서 우정을 쌓을 기회를 주려는 의도도 있었다. 12~13명이 연주를 했는데 A4 용지를 접어 만든 팸플릿에 이름과 연주할 곡목을 써넣어 6개월 전부터 나눠주었다. 초등학교 1학년이라도 팸플릿에 적힌 자신의 이름을 보고 긴장하고 책임감을 느끼는 듯했다. 교육이라는 것은 아무리 어려도 스스로의 자존감을 살려주며 동기를 마련해주는 것이 아닐까 하는 생각이 들었다. 6개월이면 각자 수준에 맞는 곡 하나 정도는 부담 없이 연습할 수 있는 시간이고 콩쿠르도 아니니 경쟁이라는 부담도 없었다. 음악회는 진지한 분위기에서 진행되었고 진짜 공연처럼 긴장감이 있어 다방면으로 훌륭한 교육이 되었다.

공연을 마친 후 아이들은 나이에 관계없이 실컷 먹고 떠들며 노는 모임의 시간을 가졌다. 부모들은 우래옥으로 자리를 옮겨 식사를 하고 공연에 대한 소감, 유학 시절 일들을 이야기 나누며 친목의 시간을 가졌다. 이것이 연구단지 초창기 모습으로 지금은 '우래옥'도 '도예가의 집'도 사라지고 그 시절의 추억만이 남아 있다. 유학에서 갓 돌아온 우리는 국가나 사회에 기여할 수 있으리라는 생각에 부풀어 있었다. 한편으로는 어설프기도 했지만 정신만은 빛나던 시절이었다.

우리들의 음악회가 요긴하게 활용되었던 순간

우리들의 음악회에서 연주했던 몇몇 아이들은 그때 연습했던 곡으로 이후에 한국-이탈리아 워크숍에서 크게 한몫 기여하게 되었다. 한국-이탈리아 워크숍을 양국에서 번갈아 하게 되었는데, 먼저 개최한 이탈리아에서는 너무 근사한 워크숍으로 문화적 분위기를 물씬 느낄 수 있었다. 다음 워크숍을 한국에서 열 차례가 되자 주최자였던 나로서는 고민이 많이 되었다. 그 끝에 떠오른 것이 '우리들의 음악회'였다. 다들 아마추어였지만 몇 년간 이어진 음악회 동안 아이들의 기량도 많이 늘었고 연주 실력을 선보일 곡들이 꽤 있었다. 그래서 아이들에게 아빠들이 하는 워크숍에 일종의 재능기부로 봉사를 부탁하였다.

마침 방학이라 다들 좋다고 해서 무주에서 열린 학회에서 가족음악회를 열었다. 충남대학교 이용택 교수가 취미로 해온 대금 연주까지 멋진 피날레가 되어 한국적인 멋까지 전할 수 있었다. 그때 이탈리아 참가자들이 한국에 이렇게 음악을 잘하는 청소년들이 많은 줄 몰랐다면서 칭찬의 말을 아끼지 않았다. 이탈리아 대사관의 과학참사관이 잠깐 들렀다가 공연을 보고는 너희 나라는 일반 시민이 외교관보다 더 수준이 높다는 말을 하기도 했다.

그때 열심히 음악회에 참가했던 연구단지 아이들은 다 커서 이제 이곳을 떠났지만 '우리들의 음악회'는 우리들 마음 한편에 추억으로 자리하고 있다.

3

과학을 이끄는
나침반

정원 이야기

 정원에 관심을 가지게 된 것은 불과 몇 년 전이다. 연구소에서 퇴직금을 중간 정산해준 적이 있는데 마침 좋은 기회가 닿아 시골에 작은 집을 하나 사게 되었다. 미리 계획한 것은 아니었지만 시골집을 파신다는 분과 집을 구경하러 갔다가 얼떨결에 부담이 되지 않은 액수로 내게 맞는 집을 사게 되었다. 이때 일생에 처음 시골에 집을 사보았지만 돌아보면 참 잘한 일이었다. 그 후 이 집을 사지 않았으면 잘 몰랐을 여러 가지를 깨닫게 되었다. 한번은 지인이 준 채송화 씨앗을 집 앞에 심었는데 그 꽃이 피는 모습이 마치 땅에 박힌 보석 같았다. 그 후 나무와 꽃을 심고 피고 지는 것을 눈여겨보게 되었다.

 그러면서 연구소 정원도 새롭게 보이기 시작했다. 일찍이 대덕에 자리 잡은 연구소들은 널찍한 터를 확보하고 조경에 신경을 써왔다. 화학연구원도 그전부터 늘 나무나 꽃들이 잘 다듬어져 있었다. 무의식적으로 스쳐 지나가다가도 가끔 눈에 들어올 때마다 누군가 잘 가꾸고 있구나 하고 생각했다. 남달리 신경을 써서 가꾼 것이어서 그런지 연구소에 들어오면 뭔가 다르게 느껴졌다. 정원만 둘러봐도 정성을 들이고 있다는 것이 전해졌다. 잘 가꾸어진 정원이 옆에 있어 일하면서 받는 스트레스를 많이 해소해주었다.

연구소의 조경을 담당하던 시설과장 이만달 씨는 서울대 농대 출신으로 연구소 초창기부터 조경을 맡아왔다. 우연히 이 분과 이야기를 나눌 기회가 생겨서 연구소 초창기에 조경을 위해 겪은 일들을 듣게 되었다. 1976년 9월 설립된 연구소는 서울의 임시 사무소에서 지금의 대덕연구단지로 1978년 4월 이전하게 되었다. 이만달 씨는 연구소 시설과장으로 1978년 3월에 입소하였는데, 내가 1977년 1월에 입소했으니 나보다 1년 늦게 들어오신 셈이다.

그가 초창기부터 연구소 조경에 관여한 것은 연구소로서는 정말 큰 행운이었다. 당시 대덕에는 연구기관들이 속속 입주하였지만 각 기관의 틀이 제대로 잡히지 않아 청와대에서까지 사람이 나와 연구단지를 돌며 조경 작업을 독촉하였다고 한다. 그는 근무를 시작하자마자 당시 고려대학교에 계시던 김장수 교수에게 연구소 조경 마스터플랜을 의뢰했다. 마스터플랜이 나오기 전에 우선 자신의 전 근무지였던 서울임업시험장에서 자작나무, 독일 가문비나무, 잣나무 등과 산철쭉, 진달래 등을 무상으로 분양받아 심기 시작했다. 이후 조경 마스터플랜이 나와 본격적인 조경 공사가 실시되었고, 3년여에 걸쳐 아름다운 조경의 틀을 갖추게 되었다. 그는 조경 예산이 넉넉하지 않아 늘 아쉬움이 많았다고 한다. 그래서 주말이면 전국의 산과 들을 돌면서 야생화와 희귀종 나무를 수집해 연구소에 옮겨 심었단다. 울릉도까지 여러 번 다녀왔다니 놀랍기만 했다. 덕분에 우리 연구원은 다른 연구소들보다 훨씬 아름다운 조경 환경을 갖춘 곳이 되었다. 물론 그뿐 아니라 이곳이 다른 연구소와 차별화된 안정된 정원으로 발전하는 데는 그의 이러한 열정과 정성 그리고 계속된 헌신이 큰 부분을 차지할 것이다.

지난 30여 년 동안 연구원 조경을 맡아 가꾸어온 그에게 내가 꽃밭 수준의 작은 정원을 만들었다고 하자 아픈 몸을 이끌고 우리 집까지 보러 와주셨다. 연구소 30년 동문인 우리는 이런저런 이야기를 하며 정원을 함께 돌아보았다. 그는 연구원 직원들이 근무하다 힘들 때 잠시 자연의 아름다움을 느끼고 휴식을 할 수 있다면 그 이상 바람이 없다고 하였다. 진정한 연구의 동반자를 만난 느낌이었다. 퇴직 후에도 아픈 몸으로 연구소에 자주 나와 나무들을 돌보던 그는 내가 원장으로 있을 때 돌아가셨다. 연구소 정원에서 가장 좋은 나무 옆에 그의 추모비를 세웠다.

화학연구원 정문을 통과하면 오른쪽으로 정원 한가운데 직경 50미터 가량의 아담한 연못이 있다. 오래전부터 있던 연못은 그 가운데 설치된 분수와 함께 이제 화학연구원에서는 빠질 수 없는 풍경이다. 나무들에 둘러싸여 있는 연못 곳곳에 연꽃이 떠 있는

화학연구원 정원의 연못은 작고 아담하지만, 보는 이들의 마음에 넉넉함을 안겨주는
소중한 곳이다.

잔잔한 수면을 바라보고 있으면 어쩐지 마음이 안정되고 평화로
워진다. 이름 없는 작은 연못이지만 고귀한 모습을 가지고 정원의
격을 드높이는 힘이 있다.

이 연못의 넉넉함을 느끼고 사는 연구원들이 얼마나 될까? 나
만 해도 많은 세월을 여유 없이 보냈고 30년 가까이 한 직장인 화
학연구원에 다니면서 한때는 혼란스럽기도 했다. 연구환경은 왜
이렇게 열악한지, 연구하기도 힘든 이곳에 계속 있어야 하는 것인
지 의미 부여가 되지 않는 세월이 있었다. 오래전 TV 대담에 나온
어떤 분이 대덕연구단지의 연구원들은 주변 환경이 좋아서 연구
가 저절로 되겠다고 말하는 것을 보고, 순간 겉모습만 보고 속 내
용은 전혀 모르는 사람인가 하고 쓴웃음이 나온 적이 있었다. 하

지만 이곳에서 긴 세월을 보내고 보니, 요즘은 이렇게 근사한 연못과 정원이 가까이 있는 환경의 직장도 별로 없을 것이라는 생각이 든다. 그동안은 너무 주변을 둘러볼 여유도 없이 살아왔다. 왜 꼭 그렇게 살아야만 했을까.

연못은 언제나 그 자리에 있는데도 이를 전혀 인식하지 못한 채 살아갈 수도 있고, 연못을 바라보며 시인 같은 사고의 세계를 가질 수도 있을 것이다. 사람의 마음이란 그렇다. '연구소 한가운데 있는 연못을 어떻게 느끼는지'가 연구원들 마음을 거울처럼 비추어 지금의 마음 상태를 알게 해주는 나름의 바로미터가 아닐까?

40여 년이 지난 지금, 내가 한 일이 무엇인지 되돌아본다. 연구원들이 마음껏 연구하는 데 걸림돌이 없게 하고 그들이 주위를 제대로 인식하며 여유를 갖고 연구할 수 있도록 기여한 바가 있었던가? 나름의 노력을 기울이며 애써보았지만 내 역량이 부족하다고 느낄 때도 많았다. 수많은 일들이 주마등처럼 지나간다. 고개를 들어 연구실 창밖을 내다보니 아름다운 정원이 있고 그 안에 연못이 빛나고 있다. 빛나는 연못이 모두에게 멋진 영감을 떠오르게 하고 연구에 보탬이 되기를 바라며, 연못에 '화연(化淵, 和淵, 花淵, 話淵, 華淵……)'이라는 이름을 붙여본다.

나무에 대한 단상

    이산화탄소를 흡수하고 산소를 뿜어내는 나무는 인간에게 있어 최고의 공생 관계를 가진 존재이다. 화석연료의 사용이 증가하고 이산화탄소의 과다 배출로 인해 지구온난화가 가속되고 있다. 오랜 산림녹화로 나무를 많이 심어서인지 우리나라도 예전보다 나무가 많아졌다. 그래도 주거지가 도시화되고 주택보다 아파트로 많이 변하면서 사람들은 점점 나무와 꽃들로부터 멀어진 것 같다. 이제 사람들은 자동차에 대해서는 잘 알아도 나무에 대해서는 무지한 것 같다. 나무보다 스마트폰과 더 긴 시간을 보내는 사람들을 보면 앞으로도 나무와 교감하기는 더 힘들 것 같다는 생각이 든다.

    "마음이 답답할 땐 언덕에 올라……"라는 구절이 담긴 〈흰구름 푸른구름〉이라는 동요가 우리 세대가 어릴 적 교과서에 있었다. 그런 동요가 불리웠다는 것은 전쟁이 끝난 지 얼마 안 되어 피폐함에서 간신히 벗어난 고단한 삶이 어린이들한테까지 전해진

탓일까. 이 동요는 하소연할 곳 없고 답답한 마음을 어떻게 풀지를 시적으로 제시했다. '하소연할 데가 없다'는 건 참 무서운 일이다. 그런 상태가 계속되다 보면 우울증에 걸리고 자살에 이르기도 한다. 요즘은 예전과는 많이 달라진 시대지만 여전히 대화할 상대가 부족한, 하소연할 데가 없는 어린이들이 많아 보인다.

나무와 인간의 교감을 다룬 책들은 많다. 대중적으로 많이 알려진 책으로는 《아낌없이 주는 나무》와 《나의 라임오렌지나무》가 있다. 이 책들에서 나무는 한곳에 서서 존재할 뿐이지만 사람의 마음을 어루만지고 치유한다. 두 책 모두 주인공이 나무에게 하소연하고 나무는 다 들어준다. 마음이 답답한 한 어린아이가 나무와 대화하며 그 나무에 의지하고 성장해가는 소설로 많은 독자들의 공감을 불러일으켰다.

미국 인디언들에게 전해 내려오는 이야기 중에도 나무를 다룬 이야기가 많다고 들었다. 이처럼 나무에 얽힌 다양한 이야기들이 마냥 허구만은 아니라는 생각이 드는 것은 나무와의 교감이 정말 가능할 것 같기 때문이다. 평화 운동가였던 틱낫한(Thich Nhat Hanh) 스님은 "숨을 들이쉬고 내쉬고 아름다운 한 그루의 나무를 껴안을 때 우리는 이미 하늘나라에 있다"고 말하기도 했다. 나무처럼 의지할 만한 사람이 있으면 좋겠지만, 꼭 사람이 아니라도 우리의 하소연을 묵묵히 들어주고 품어줄 나무를 발견하고 교감할 수 있다면 하소연할 데 없는 답답한 마음이 좀 풀릴 텐데……

나무는 인간과 최고의 공생 관계를 가진 존재다. 물리적인 면에서뿐만 아니라 정신적인 면에서도 우리로 하여금 숨을 쉬게 해주는 고마운 존재다.

우리가 살던 아파트 옆에 바로 **KAIST**가 있어 종종 가족들과 함께 캠퍼스를 산책하곤 했다. 초창기에는 나무도 적고 황량했던 캠퍼스가 20여 년 세월이 흘러 보기 좋은 나무들이 많아졌다. 그 중에 커다란 나무 한 그루가 인터내셔널센터 건물 옆에 있어 가끔 그곳에 있는 커피숍에 들려 나무를 바라보곤 했었다. 크고 당당한 모습의 균형 잡힌 아름다운 나무는 사람들이 잘 모르는 사이에 마음껏 자유롭게 자란 듯했다. 그런데 어느 날, 그 나무 바로 옆에 건물이 지어지면서 방해가 되었는지 한쪽 면이 무지막지하게 잘려나가 버렸다. 균형을 잃고 마치 한쪽 팔이 잘린 듯한 모습이 안타까웠던 기억이 있다. 이제 그 커피숍도 없어지고 아이들도 다 집을 떠나서 그곳에 더 이상 가지는 않지만, 우리를 즐겁고 경이로운 마음이 들게 해주었던 그 나무를 가끔 떠올린다.

연구단지는 지난 몇 년간 난개발로 녹지가 많이 줄어들었지만 아직은 어느 곳보다 잘 가꾸어진 공원과 많은 나무가 가까이 있다. 나무 곁에서 가만히 눈을 감아보자.

대덕고등학교

미국이나 한국이나 고등학생 자녀를 둔 부모는 여유가 없어 보인다. 영화 〈죽은 시인의 사회〉에 나오는 미국의 명문 고등학교는 탁 트인 들판이 바라다보이는 좋은 환경의 학교이다. 그러나 이 학교의 학생들은 부모 세대와의 소통 단절로 괴로워하는 생활을 하고 있다. 주인공은 아버지가 자신의 관심사를 무시하고 무조건 의대 진학을 강요하자 자살해버리고 만다. 영화 속 주인공의 답답함이 강한 인상으로 남아 있다.

대덕연구단지에 있는 대덕고등학교 앞을 지날 때면 항상 드는 생각이 있었다. 연구소에 근무하는 사람들의 자녀들이 주로 다녔고 우리 집 막내도 다녔던 이 학교는 겉보기에도 삭막한 모습이었다. 정원을 잘 가꾼 학교들도 꽤 있을 텐데 예전에 내가 갔을 때는 꽃 한 송이 보이지 않았다. 우리나라 고등학교의 환경은 과거와 달리 다양하게 변화하고 있다는데, 여기는 왜 아직도 이런 모습인지 답답한 생각이 들었다. 그 후로도 대덕고등학교 앞을 지날 때면 차를 천천히 몰며 안을 들여다보았다. 그러면 무슨 연상 작용인지 〈죽은 시인의 사회〉가 떠올랐다. 영화에 나오는 고등학교와 비교하여 요즘 우리나라 고등학교는 어떤지 유심히 살펴보곤 했다. 그럴 때마다 눈앞의 학교 풍경과 영화의 장면들이 겹쳐 보이곤 했다.

부모와 고등학생 자녀의 대화는 학년이 올라갈수록 단조로워지는 것 같다. 시험은 언제인가, 몇 점을 받았나, 몇 등인가 외에 서로의 일상을 나누거나 마음을 헤아리는 대화를 나누는 이들을 보기 힘들다. 자녀를 대학에 보내는 일이 최우선이라며 점수 계산에만 매달리는 부모들이 많다. 입시 문제로 부모와 자식 모두 마음의 여유가 없으니 자녀들은 자신의 고충을 부모에게 털어놓지 못하고, 둘 사이는 멀어지기 십상이다.

나는 학생들의 봉사활동을 긍정적으로 생각한다. 언제부터인가 우리나라도 선진국의 사례를 받아들여 학생들에게 봉사활동을 장려하고 있지만, 아직은 입시를 위한 수단으로 활용되는 경우가 많은 것 같다. 우리 아이도 봉사점수 때문에 유성구청에서 진행한 포스터 떼기에 참여한 적이 있다. 미국에서 중고등학교와 대학에 자식을 보낸 분에게 학생들의 봉사활동에 대해 물어보니 그곳은 봉사활동의 범위와 종류가 아주 다양하다고 한다. 학생이 허드렛일을 자원하여 봉사하는 경우도 있지만, 대개는 갓 이민 와서 영어가 너무 안되는 경우가 아니라면 자신의 진로와 연관된 기관에 가서 봉사하는 것이 보통이라고 한다. 예를 들어, 고등학생 중

오랜만에 찾은 대덕고등학교는 예전보다 다양하고 활기찬 모습이었다. 학교의 건물 구조는 물론 그곳을 채우는 공간들이 보다 다채로워져 아이들의 개성을 북돋워줄 수 있기를 소망한다.

에 도서관학에 관심이 있는 학생은 도서관에 가서 봉사활동을 하는 것이다. 도서관에서 일하는 사람들은 봉사활동을 하러 온 학생을 귀찮아하지 않고, 미래에 도서관을 맡길 수도 있는 사람으로 여겨 도서관에서 일어나는 온갖 일의 과정을 잘 배울 수 있도록 배려한다고 한다. 그래서 중요한 사실은 학생을 받는 쪽이 몇 배의 봉사를 하게 된다는데, 거시적인 차원에서 생각하면 장차 나라의 미래를 맡게 될 사람을 즐거이 가르쳐야 하지 않겠냐는 사회적 인식이 인상적이었다.

만약 대덕연구단지 내 연구소들이 이런 봉사활동을 잘 활용하면 미리 연구원이 될 아이들을 키우는 데 일익을 담당할 수도 있을 것이다. 고등학생들이 원하는 분야의 연구소에 와서 봉사활동을 하고 연구실을 경험해본다면 장래에 훌륭한 연구자가 될 수도 있지 않을까. 연구소들이 이런 문제들까지 생각해볼 여유가 있기를 기대해본다.

대덕연구단지에 우수한 인력을 지속적으로 유치하기 위해서도 자녀들의 교육은 중요한 요소이다. 대덕연구단지에 제대로 된 공간을 갖춘 교육시설들을 만들어 누구나 자녀들을 보내고 싶어 해야 한다.

얼마 전 대덕고등학교를 다시 방문한 적이 있었다. 대덕고등학교가 특성화 고등학교가 되었다는 이야기를 듣기도 하고, 딸이 다니던 학교이기도 해서 근처를 지나던 김에 차를 돌려 가보았다.

10여 년 만에 다시 찾은 학교는 정말 많이 변해 있었다. 학생들을 위한 도서관, 체육관, 식당은 물론, 특별활동실도 갖추고 있어 훨씬 좋아졌다는 생각이 들었다. 겉보기에 많이 달라진 만큼 학습 내용도 많이 달라졌을지도 궁금해졌다.

유명 건축가 유현준은 우리나라는 학교와 교도소가 거의 비슷한 건물 구조를 가지고 있고, 평당 비용으로 치면 오히려 교도소를 짓는 비용이 학교를 짓는 비용보다 더 높다는 이야기를 한 적이 있다. 그는 세종시에서 학교 건축을 의뢰받아 학생들이 보다 따뜻한 학교생활을 할 수 있도록 고심해서 설계를 하고 3년에 걸쳐 관계자들을 설득한 적이 있었다고 한다. 그러나 결국 실제로 학교를 짓는 일은 교육청 시설과에서 막혀버렸다고 한다. 비용이 많이 들고 다른 지역의 학교들과 형평성이 맞지 않아서라는 이유였다. 요새 지방교육재정 교부금이 많이 쌓여 있다는데, 훌륭한 학교 시설 모델을 잘 만들어 다른 지역 학교들까지 서서히 바꾸어나가면 좋으련만 무척 아쉬운 일이다.

카이스트, 정답 없는 문제

벌써 20년도 더 된 것 같은데, 평소에는 별로 보지 않던 TV 앞에 온 가족이 둘러앉아 본 드라마가 있었으니, 바로 송지나 씨가 각본을 쓴 〈카이스트〉라는 드라마다. 카이스트라는 학교를 알아보고 그렇게 재미있는 소재를 풍부하게 캐낸 송지나 씨는 얼마나 대단한 작가인가 감탄을 했었다. 드라마에서 가장 매력적인 것은 대학생들의 진지한 열정과 고민, 다양한 실험들이었다. 그들의 삶 자체가 매력적인데 정작 학생들은 스스로의 모습을 보기 어려운 것 같다.

하버드대학교에서는 신입생이 들어오면 다 같이 하버드를 배경으로 한 영화 〈러브스토리〉를 보는 것으로 한 학년을 시작한다고 한다. 카이스트도 드라마 〈카이스트〉 중 한 편을 상영하는 것으로 신입생을 맞는 것은 어떨까 제의해본다. DVD로 만들어 학교에서 팔기도 하고 선물용으로 써도 좋을 것이다.

자신들의 모습을 긍정적으로 볼 수 있게 하는 그런 드라마는

축제 때 가끔 상영해도 좋을 것이다. 학생들이 부분 발췌해서 현재 상황에 맞게 각색하고 연극으로 만들어도 좋을 것 같다. 하버드의 〈러브스토리〉보다 몇 배나 가치 있을 이 드라마를 잘 활용할 수 있으면 좋겠다. 중고등학생들도 과학 분야에 관심을 가질 수 있도록 안내해줄 수 있을 것이다.

미래 사회의 전망을 보여주는 다니엘 핑크(Daniel Pink)의 책 《새로운 미래가 온다》에서는 미래 인재들에게 여섯 가지 키워드를 제시한다. 바로 디자인(design), 스토리(story), 조화(sympathy), 공감(empathy), 놀이(play), 의미(meaning)이다. 이를 바탕으로 '하이컨셉, 하이터치(High Concept, High Touch)'의 시대를 살아야 한다고 했다. 즉 소통과 공감의 시대를 살 수 있도록 준비해야 한다는 내용이다. 미래를 준비한다고 이 책을 본 지 10년이 넘었지만 아직까지도 그대로 적용되는 내용이다. 다시 봐도 이 키워드는 여전한 미래이다.

카이스트 연구실은 연구소 연구실처럼 프로들이 모인 곳은 아직 아니지만 소통과 공감이 문제가 될 때는 있을 것이다. 브레인스토밍이 잘되기 위해서, 토론이 잘되기 위해서, 서로 공감이 안 되어 괴롭고 힘들 때는 이런 드라마나 책들을 통해 해결방법을 찾아보는 것은 어떨까.

"그런 문제도 있어.
평생을 계속, 계속 생각해야 되는 문제

카이스트 도서관(위) 정면에 장영실 상이 보인다. 오늘도 꿈을 이루기 위해 힘쓰는 많은 과학도들이 저곳에 자리하고 있을 것이다. 카이스트의 상징물 까리용(아래)에서 울려 퍼지는 종소리처럼 그들의 꿈이 세상 곳곳으로 나아가길 바란다.

그래도 생각하는 걸 포기하면 안 되는 문제

그런데…… 정답이 없는 문제"

〈카이스트〉 드라마의 '정답이 없는 문제'라는 에피소드 중에 나오는 대사 중 한 부분이다. 판단과 판단 사이에, 구심점을 못 찾을 수도 있다. 정답을 못 낼 경우라도 넓은 의미의 공감대를 형성하고 계속 생각해야지 대립으로 향해 치닫기만 하면 발전이 멈춘다. 오히려 퇴행하며 서로 상처투성이가 될 수 있으니 인생의 함정에 빠지지 않도록 조심해야 한다. 반대로 머리 아픈데 피하고 보자는 식으로 힘든 일을 회피하는 태도도 제대로 된 처신은 아닌 것 같다. 옛날에는 복잡한 아귀다툼을 피하고 싶어 속세를 떠나 산으로 간 사람들도 있었는데, 지금은 피할 산도 없는 시대이다. 그보다는 현실에서 문제를 마주하고 고민하며 어떻게든 행복하게 잘 살 수 있도록 해야겠다.

〈카이스트〉 드라마를 보던 시대에서 이제 20여 년이 지났다. 코로나 사태로 인해 사람들의 공동체 의식도 많이 변하고 있다. 코로나가 물러갔어도 임시로 바뀌었던 상황이 다시 원상태로 돌아오지 않고 그대로 정착된 경우도 많다. 여전히 정답이 없는 문제는 끝없이 생겨난다. 카이스트가 잘되어야 하는 이유는 여러 가지가 있지만, 송지나 씨에게도 빚이 있다. 잘해야 한다. 연구단지 안에 반짝이는 보석처럼 잘 갈고닦아서 더욱 빛나는 카이스트가 되길!

과학과 추리

프랑스의 대문호 알렉상드르 뒤마(Alexandre Dumas)의 중편 추리소설 《검은 튤립》은 뒤마의 많은 작품들 중에서도 평론가들이 보물 같은 작품이라 평가하는 흥미로운 내용의 소설이다. 네덜란드의 원예사 게르트 하게만은 어린 시절 《검은 튤립》을 읽고 감동하여 당시에는 소설 속에만 존재하던 검은 튤립을 20여 년에 걸친 노력 끝에 만들어 보였다고 한다. 어린 하게만이 그 소설을 읽고 아버지에게 달려가 "아빠, 전 커서 꼭 검은 튤립을 피워보겠어요!" 하고 말하였다는 일화를 오래전 〈한국일보〉의 '장명수 칼럼(89회 제11513호)'에서 감동적으로 접했던 기억이 있다.

> "네덜란드에서 게르트 하게만이란 원예사가 검은 튤립을
> 피우는 데 성공했다는 외신기사는 아름답고 감동적이다.
> 검은 장미, 검은 수선화, 검은 튤립 등 검은 꽃들은 환상
> 의 세계에서 피는 꽃이지 현실의 꽃은 아니다. 식물 내에

서 검은 색소가 생성되지 않아 그 꿈을 이룬 사람이 아직 없었기 때문이다."

어릴 때 읽은 소설에 감동하여 가슴속에 어떤 희망의 씨앗을 심고, 10년이 되었든 20년이 되었든 그 씨를 원하는 꽃으로 피워낼 수 있다면 행복한 삶이 아닐까. 아이들이 정신없이 책에 빠져 있는 모습을 보면 재미있다. 하게만이 책을 읽고 상상력을 동원해 추리를 거듭하여 실험한 결과 거의 검은색에 가까운 튤립을 피워낸 것처럼, 우리 아이들도 가슴속에 많은 꽃씨를 심고 원하는 꽃이 피어나도록 애쓰며 산다면 미래에 우리는 더욱 풍요로운 꽃밭을 보게 될 것이다.

우리나라에도 파란 장미를 연구한 한국생명공학연구원의 유장렬 박사가 있다. 파란 장미를 만드는 것은 불가능한 일로 여겨졌기 때문에 불가능한 일을 말할 때 '그건 파란 장미야'라는 말을 관용구처럼 쓰기도 했다고 한다. 이런 과정을 겪어가며 과학의 세계에 몸담았다면 이런 사람은 과학자라도 예술의 경지에 속해 산다고 봐야 할 것이다. 예술가들 중에는 남 보기에는 왜 저렇게 힘들고 가난하게 사나 하겠지만, 본인들은 생활의 고됨을 의식하지 않으면서 자신의 세계에 집중해 사는 이들이 많기 때문이다.

과학자들에게도 이런 태도가 필요하다. 예술가처럼 혼자서 연구를 할 수는 없으므로 항상 그렇지는 않겠지만, 진짜 자기가 하

연구자들의 과학적 사고에 상상력이 더해지고 과학적 추리의 세계가 열리면, 자신만의
'검은 튤립'을 피울 수 있지 않을까?

고 싶은 연구는 개인의 세계일 수밖에 없다. 자신이 진정으로 하고 싶은 연구가 있고 그런 모험의 세계 속에서 꼬리에 꼬리를 물듯 추리에 추리를 하고 살 수 있다면, 더 풍부한 과학의 세계에서 행복할 수 있을 것이다. 연구소에서 일하는 과학자들은 그곳에서 지향하는 연구를 하며 팀의 구성원으로 일생을 보내기 마련이지만, 그렇더라도 자신이 흥미를 느끼는 연구 분야에 대하여 과학적 추리의 끈을 놓지 않는다면 보다 풍요로운 삶을 살 수 있을 것이다.

코난 도일(Conan Doyle)이 탄생시킨 유명한 추리소설의 주인공 셜록 홈즈는 탐정이기 이전에 종종 화학실험을 하는 화학자이다. 의사인 왓슨 박사와 만나는 첫 장면에서의 배경도 화학실험실이다. 홈즈는 자신의 실험 결과를 쓴 논문을 자랑하기도 하고 추리를 위해 분석과 실험을 집요하게 하는 매우 과학자다운 캐릭터이다. 소설에서 홈즈와 함께 일하는 왓슨 박사가 '문제를 풀기 위해 추리를 할 때 가장 중요한 것은 무엇인지'를 묻는 대목이 나온다. 그때 홈즈는 이렇게 대답한다.

> "그건 상상력이지, 자네도 상상력을 좀 키우게. 그리고 자료를 충분히 모으고 증거를 모두 모으기 전에 추리하는 것은 큰 잘못이야, 판단에 편견을 갖게 하거든."

자료를 모으는 것은 공부하듯이 노력하면 어느 정도 가능하지만, 상상력을 키우는 것은 자료를 모으는 것과는 다른 차원의 노력이 필요할 것이다. 연구자들의 과학적 추리를 이끌 수 있는 상상력을 북돋아주기 위해 연구소에서는 무엇을 할 수 있을까? 문화와 예술에 관심을 가지고 예술을 이해하고 이를 즐길 수 있는 환경을 만들어주어야 할 것이다. 누구나 개개인의 삶을 창의적으로 발전시키기 위해서도 문화적 역량을 키우기 위한 노력은 항상 필요하다.

종교에 대한 상상

텅 비어 보이는 공간도 눈에 보이지 않는 공기(질소, 산소, 이산화탄소, 아르곤 등)로 가득 차 있다는 생각을 하면 인간이 얼마나 한정된 틀에 갇혀 있는 존재인지, 왜 이런 모습으로 존재하는지 다시 생각하게 된다. 어느 신부님이 천국을 설명하면서 눈에 보이지 않는 공간에도 뭐가 꽉 차 있는데 아무것도 없다고 생각하면 안 된다고 설교하는 것을 들으며 '천국을 과학적으로 설명하는 것인가' 하고 관심을 가진 적이 있다. 눈에 보이지 않는 마음이나, 눈에 보이지 않는 정신 등을 어떻게 설명할까? 이러한 것들을 설명할 수 있도록 하는 분이 바로 예수님이 아닐까? 보이지 않는 하느님을 보여주기 위해 오신 분.

독일의 화가 파울 클레(Paul Klee)는 '그림은 보이지 않는 것을 보이게 하는 것'이라고 정의하였는데 이것도 화가가 아닌 입장에서는 의문이 드는 일이다. 불가사의한 면이 있긴 하지만 닫힌 서랍을 밖에서 볼 때 속이 잘 정리되어 있을 때와 얽히고 뒤죽박죽되어 있을 때가 곁에서 보는 느낌이 다르다고 한다면, 그곳에서 전해 오는 파동이 다르다고 보아야 할까? 바야흐로 눈에 보이지 않는 것을 비롯해 정신까지 과학이 규명하는 새로운 시대가 된 것만은 분명하다.

아직은 잘 설명이 안 되지만 이면의 세계를 과학의 힘으로 볼 수 있다면, 인간의 눈으로는 볼 수 없는 공중에 꽉 차 있는 어떤 물질들을 이해하게 될 것이다. 인간이 가진 '눈' 그 너머를 보는 혜안을 지니게 된다는 뜻일 수도 있다. 종교에서 말하는 도를 닦은 사람에게 있는 마음의 눈이랄까. 스티브 잡스도 자신의 자서전에서 이면의 세계가 있는 걸 느낀다고 썼다. 눈에 보이는 마음이라던가, 눈에 보이는 정신 등도 과학적으로 설명할 수 있는 날이 오리라 생각한다.

하느님이 계시는 곳은 시공간을 초월하는 곳일 것이다. 우리는 사랑하는 사람들을 위해 간절한 기도를 드릴 때 하느님의 존재를 느낀다. "하느님의 나라는 어디에 있는가? 하느님의 나라는 너희 가운데 있다(루가 17: 21)." 천국은 우리 가운데, 하느님의 나라는 우리가 사랑을 실천할 때 우리에게 머물 것이다. 우리 가운데 하느님의 나라가 있는 것은 눈으로 볼 수 없지만, 마음으로 볼 수 있다.

의학에서는 지난 100년 동안 정신과에 축적된 자료를 종합해 나가다 보니 정신과 육체적 질병 사이의 관계가 규명되기 시작해서 머지않아 획기적 도약의 기회가 올 것 같다고 한다. 정신적 질

2001. 9

눈에 보이지 않는 것들을 어떻게 설명할 수 있을까? 이면의 세계를 과학의 눈으로 설명할 수 있는 날이 올까?

환과 육체적 질환 사이의 관계처럼 보이지 않는 것과 보이는 것 사이에서 어떤 연결점들을 찾아 규명하는 것과 같은 맥락인 듯하다. 죽음의 신비, 천국의 비밀 등도 미래에는 규명될 수 있을까? 과학 따로, 종교 따로가 아니라는 것도 언젠가는 규명해낼 수 있을지 궁금해진다.

왜 사느냐고 묻는다면?

왜 사느냐고 묻는다면 종교적으로 꽤 명확한 대답을 하다가도 결론은 '모르겠다'인 경우가 대부분이다. 모르겠지만 알 거 같다, 알다가도 모르겠다, 이것이 인간의 한계일 것이다. 인간으로서 우리는 왜 살고 있는 것일까?

"왜 사냐 건 웃지요."

월파 김상용의 시 〈남으로 창을 내겠소〉 中

왜 사느냐고 묻는다면 그냥 웃는다……. 참 좋은 시다. 아이들이 자라면서 가끔 인간은 왜 사는 걸까 하고 물을 때가 있다. 그럴 때는 잠깐 인생의 테이프가 반대로 돌아가는 느낌이다. 글쎄 왜 살지? 하면서.

세 아이 모두 잘 자라주었지만 특히 둘째는 사춘기 같은 것도 못 느끼게 차분하게 지나갔다고 생각했는데, 스스로는 내면에서 치열한 고민을 하며 살았나보다. 어느 날 우연히 딸애가 써놓은 글을 보고 놀랐다. 윌리엄 워즈워스(William Wordsworth)가 '아이는 어른의 아버지'라고 했는데 딸이 써놓은 글을 보고 바로 그런 기분을 느꼈으니까. 다음의 글이다.

〈카멜리아의 여인〉을 보러 간 건 1월 30일, 저번 겨울방학이었다. 오랜만에 아빠, 엄마와 셋이서 가서 기분도 좋았다. 공연은 세종문화회관에서 열렸고, 발레단은 독일의 슈투트가르트 발레단이었다. 하지만 난 이 독일발레단의 아름답고 멋있는 발레의 모습만을 이야기하려는 것은 아니다. 내가 이야기하고 싶은 것은 〈카멜리아의 여인〉에서의 주인공인 마르가리타 역을 맡은 한국인 발레리나 강수진이다.

처음에 동양인을 우습게 보았다는 외국 발레리나들 사이에서 강수진은 어떻게 이렇게 사랑받으며 성장할 수 있었을까? 무엇 때문이었을까? 공연을 보기 전에 나는 이 질문에 대한 어떤 굉장한 답이 있을까 궁금해서 그녀의 인터뷰를 찾아보았다. 하지만 특별한 것은 아무것도 없었다. 답은 오로지 노력이랄까.

강수진은 "인생의 유일한 가치는 절대적 성실성이라 생각한다"고 말했다. 그녀의 이야기는 TV에 방영된 적도 있었기 때문에 아는 사람도 많을 것이다. 그녀는 하루아침에 유명해진 것이 결코 아니었다. 그녀의 연습은 정말 대단했다. 연습을 과도하게 한 나머지 발이 곪은 적도 있었지만, 발레 슈즈에 쇠고기를 넣어 쿠션 역할을 하게 한 다음, 또다시 연습을 시작했다고 한다. 그리고 오랜 기다림 끝에 그녀에게 기회가 돌아왔다. 〈카멜리아의 여인〉에서 나는 그녀가 이룬 눈부신 결과를 볼 수 있었다. 강수진이 사람의 마음을 표현하는 어려운 연기력까지 필요한 마르가리타 역을 손색없이 해내는 모습을 보며 나는 감탄하지 않을 수 없었다. 그녀가 정말 존경스러웠고, 한편으로는 부럽기도 했다. 그녀가 유명한 것이 부러운 것이 아니라, 자신이 뚜렷하게 좋아하는 것을 찾아 끝까지 나아갈 수 있다는 것이 부러웠다.

강수진의 자세는 내가 지금 어떻게 살아가고 있는지를 반성하게 했다. 학생인 나로선 '나는 지금 무엇을 위해 공부하는가'라는 보편적인 질문으로 다시 돌아올 수밖에 없었다. 뚜렷한 목표 없이 아직까지 이것저것 해보고, 자꾸 힘든 것을 피해 가려는 나의 모습이 답답했다. 내가 정말 좋아하고 원하면서 진정으로 노력한 것이 무엇이 있었는지 떠올려보려 했지만 떠오르는 것이 하나도 없었다. 그리고 내가 남을 의식해서 노력한 적도 있었다는 것을 깨달았다. 강수진이 처음 외국에서 발레를 배웠을 때 다른 외국인들의 평가를 의식했다면 끝까지 자신만의 연습을 인내할 수 있었을까?

그녀도 좌절의 시간을 가진 적이 있다고 말했다. 하지만 그녀는 자신의 주관을 갖고, 노력을 포기하지 않았기 때문에 지금의 사랑받는 발레리나로 탄생할 수 있었던 것이다. 더 큰 사회에 나아가기 전에 아직 나에게는 시간이 남아 있다고 생각한다. 이제부터라도 주관과 목표를 가지고 강수진 같이 한껏 노력을 다해보고 싶다.

딸아이가 언제부터인가 강수진에 관한 기사를 스크랩하는 것을 아내가 보고, 마침 그 애 생일 즈음에 강수진의 공연이 있어 함께 보러 간 적이 있었다. 이 글은 공연 후에 딸이 느낌을 써놓은 글이었다. 당시 강수진 씨는 멀리 외국에 있으면서 우리 딸의 멘토가 되어준 것이다. '인생의 유일한 가치는 성실'이라고 얘기해준 강수진 씨에게 진심으로 고마운 마음이 들었다. 정작 강수진 씨는 어느 집 아이가 본인 덕분에 잘 컸다는 사실을 전혀 모를 것이다. 이러한 점 때문에 '스스로 잘 사는 것'이 바로 서로 사랑하는 삶의 기초가 되는 것이라고 생각한다.

"산다는 것은 죽음을 향해 가는 것이고 하느님은 사랑이시니 우리는 서로 사랑하기 위해서 산다." 이것이 왜 사느냐는 질문에 대해 내게 떠오르는 답이다. 이러한 삶이 가능하려면 수도사처럼 단순하게 지내야 할 것 같다. 실제로 삶을 살아감에 있어서는 왜

'왜 사느냐'는 질문에 쉽게 명확히 답할 수 있는 사람은 많지 않을 것이다. 하루하루 성실히 자신의 삶을 살아가다 보면 언젠가 스스로의 답을 찾을 수 있지 않을까.

사는지 그 의미를 생각하며 산다기보다는 하루하루 마주하는 여러 가지 일 속에서 그냥 살아가게 된다. 그래서 쓸데없이 복잡한 일이 끼어들지 않도록 그때그때 즉시 핵심과 진실이 아닌 것은 걸어내고 가치 있는 일에만 집중하려고 한다. 물론 정신 차리고 있어도 생각처럼 잘되는 것은 아니지만, 노력하면 어느 정도는 무슨 일을 피해야 하는지 알게 되는 것 같다.

희미하게 느껴졌다가 사라졌다가 하는 '왜 사는가'에 대한 정답을 우리는 아직 모를 수밖에 없다. 아무리 고심해도 우리가 인간의 한계 밖으로 나갈 수는 없기 때문이다. 그래서 그런 의문을 가지기 이전에 '어떻게 살 것인가'부터 배워야 할 것이다. 이를 일찍 깨달은 사람이 성직자나 수도자가 되는 것이 아닐까? 우리는 복잡한 사회 속에서 매일을 바쁘게 살아가고 있지만, 가능한 한 단순하고 성실한 삶을 살기 위해 노력함으로써 왜 사느냐는 질문에 답해야 할 것 같다.

집현전과
세종과학기술연구원

    정부출연연구소(출연연)의 정년이 65세에서 61세로 줄어듦에 따라 연구원들은 더 일찍부터 은퇴라는 문제에 대해 생각하게 되었다. 갑자기 정년이 5년이나 줄었으니 당황할 수밖에 없었다. 30여 년을 한 연구소에 있으면서 연구를 평생의 업으로 생각하며 살아온 연구원들은 은퇴 후에도 하던 연구를 계속 할 방법이 없을지를 모색하였다.

    그러던 중 과학기술정보통신부(과기부)에서 은퇴한 과학기술인들을 위한 협동조합을 장려하고 권장한다는 소식을 들었다. 지난 20여 년간 연구 전반에 걸친 여러 문제들을 놓고 토론해왔던 동료들과 협동조합의 타당성을 논의한 후에 일단 시작해보기로 결정하였다. 그리하여 과학기술인 협동조합으로 세종과학기술연구원(세종연)을 설립하게 되었다.

세종 시대는 과학기술 분야에서도 우리나라 역사상 가장 빛난 시기였다. 세종연을 설립하면서 21세기 새로운 세종 시대의 구현이라는 비전을 세웠다. 그리고 이 모임을 이 시대의 집현전으로 재탄생시키자는 취지와 생각을 모아 '집현전'을 설립이념으로 정하였다. 구체적으로는 우리나라의 과학정신문화를 증진시키는 출연연의 교두보 역할을 하는 데에 목적을 두기로 하였다. 2013년 11월 12일에 출연연의 전현직 연구원들(9개 출연연구기관) 20명이 이런 뜻을 모아 세종과학기술연구원을 창립하게 되었다. 그게 벌써 10년이 되어 올해 2023년에 설립 10주년을 맞이하게 되었으며, 현재는 각 분야의 과학기술과 기술경영 전문가 50명이 활동하고 있다.

그동안 세종과학기술연구원의 멤버들은 협동조합이 무엇인지도 잘 모르는 상태에서 출발하여 함께 정보를 수집하고 서로 발표하면서 각자 전공에 맞게 국가연구 및 정책사업 지원, 중소중견기업 자문 및 기술사업화, 과학문화 조성 및 학술·교육활동 지원 사업 등을 수행하였다.

몇 년 전부터 급변하는 21세기의 연구환경 변화에 더 효율적으로 대처해야 한다는 이야기가 많이 나오고 있다. 마침 2020년은 세종이 집현전을 새로 설립한 1420년으로부터 600주년이 되는 해였기에, 세종과학기술연구원은 자체적으로 기념행사를 열었

2020년 집현전 600주년을 기념해 모인 자리에서 출연연이 이 시대의 집현전이 되기 위한 방안들을 논의하였다.

다. 세종이 집현전을 만들어 조선의 과학기술을 당대 세계 최고의 수준으로 끌어올릴 수 있었던 것에 관하여 세미나를 열고, 지금의 출연연에 필요한 혁신 방안을 탐구하는 시간을 가졌다. 600년 전의 시스템과 운영원칙은 이 시대에 진지하게 참고해도 될 만큼 배울 게 많은 역사였다. 이를 어떻게 이 시대에 맞게 창의적으로 되살릴 수 있을지 세종과 집현전에 관하여 각자 조사한 내용을 발표하고, 그 방면의 전문가들을 초청하여 더 깊이 있는 이야기를 청해 들었다. 알면 알수록 감탄스러운 이야기들이 많았다.

세종은 인문학과 예술에 조예가 깊고 과학기술의 아이디어와 창의적인 생각을 가지고 있었다. 세종 시대 집현전의 시사점은 최고통치자 세종이 기존 체제의 개혁에 대해 확신을 가지고 탁월한 리더십을 바탕으로 당시 최고의 인재들을 모아 추진해나갔다는 것이다. 이러한 스스로에 대한 확신은 깊은 지식이 쌓이지 않았다면 불가능했을 것이다. 세종연에서는 '출연연의 혁신을 어떻게 수행할 것인지' 몇 차례의 세미나와 토론을 통해 논의하였고, 그 결과 집현전의 시사점을 출연연 혁신의 교훈으로 제안하게 되었다. 이를 요약하면 다음과 같다.

최고통치자의 리더십과 기존 체제 혁신: 집현전의 체제 혁신과 활용이 성공 요인으로 현 출연연에 대한 집현전의 가장 중요한 교훈으로 평가하였다.

최고통치자를 위한 자문: 집현전은 최고의 정책자문기관이며 종합연구기관으로 경연은 국정의 중요 이슈를 활발한 토론으로 해결하는 효율적인 방법으로 연구와 정책결정을 유기적으로 연계하였다.

연구기관의 자율성 보장: 최소의 규율 외에는 부처의 간섭을 배제한다. 집현전 학사들은 세종 외에는 간섭을 받지 않는 자율성을 보장받았다.

창의적 집단지성: 신뢰를 바탕으로 높은 위상과 긍지를 가진다. 집현전은 세종의 높은 신뢰를 바탕으로 적극적인 지원이 이뤄졌고 연구에 전념할 수 있는 환경이 조성되었다. 신뢰 및 협력의 창조적 집단지성이 형성되었다.

인재 확보 및 양성: 집현전 인재들은 조선왕조의 기반 형성에 기여하였다. 집현전 학사는 과거에 장원급제자들을 중심으로 선발하였는데, 이들은 오랜 기간 연구를 담당하고, 사가독서, 상사독서제라는 심화학습과정을 통해 자기 실력을 키울 기회를 가졌으며, 방대한 자료를 집적한 도서관을 이용할 수 있었다.

지난 몇 년간 이와 같은 집현전의 시사점을 교훈으로 출연연의 자율성 보장, 위상 제고, 인재 확보 및 양성을 위한 토대 마련 등을 출연연 혁신의 방향으로 제안하고 있다.

점차 많은 과학기술인 은퇴자가 나올 것이다. 이들이 사회에 지속적으로 기여하는 방안에 대한 여러 논의가 있지만 무엇보다 그들의 경력을 사회가 잘 활용할 수 있어야 한다. 일단 연구개발사업의 지속적 참여, 기업 기술자문, 산학연 협력과 신기술 창업 지원, 과학기술 정책 참여, 과학기술 강연 및 멘토링, 국제협력 참여 등이 가능할 것이다.

은퇴하는 과학기술인들이 끊임없이 사회와 국가에 기여하기 위해서는 무엇보다 지속적인 교육을 통한 인생의 2모작 시대에 대한 준비가 필요하다. 고경력 인력의 사회 기여는 사회의 인구절벽 문제를 해결할 수 있는 좋은 방법이다. 은퇴한 과학기술인들의 지속적인 활동은 사회적 요구인 동시에 출연연의 우수 인력 확보와 양성을 위해 도움이 될 것이다.

과학을 이끄는 나침반

　유사 이래 과학을 이끌어온 것은 무엇일까? 과학은 우리의 의식을 끊임없이 일깨워왔고, 과학의 역사는 무지와 싸우는 전쟁의 역사였다. 어렵게 알아낸 자연의 진리를 전쟁 같은 무섭고도 잔인한 일을 하는 데 남용하기도 했다. 지식을 남의 것을 빼앗는 데 쓴다면? 그런 사람들을 막기 위해 나머지 사람들이 힘든 세상을 살게 된다면? 우리는 그런 일이 생기지 않도록 방관하지 말고 미리 주위를 잘 살피고 둘러보며 서로의 의식수준을 높여가야 한다. 그래서 인류는 공동체라는 것이다.

　나치를 막기 위해 원자탄을 만드는 맨해튼 프로젝트에 참여했던 많은 과학자들은 훗날 오래도록 고뇌하며 살았다고 한다. '다른 방법으로 막을 순 없었을까' 하는 생각에 계속 사로잡혔기 때문이다. 이렇게 거대한 프로젝트가 아니더라도 생활 속 소소한 것들 중에도 치명적인 독소가 들어와 있을 수 있다. 실험실 밖에서도 위험성은 항상 도사리고 있다.

인류가 직면한 가장 큰 문제는 바로 스스로를 통제하는 능력에 관한 것이다. 과학적인 방법은 항상 윤리적인 문제를 고려하는 것과 함께 나아가야 한다. 그렇기에 과학자들에게는 높은 윤리 의식이 요구된다. 과학은 어떤 경우라도, 특히 정치와 맞물려서 인류에게 해를 끼치는 방향으로 가면 안 되기 때문이다. 어떤 위기가 생겼을 때 이를 해결하는 방법이 다른 위기로 옮겨 가는 것에 불과하고, 복잡한 문제를 더 풀기 힘든 다른 문제로 대치하는 것이라면 과학의 힘이 무슨 소용이 있겠는가?

그런데 안타깝게도 과학자들이 제시하는 문제 해결 방식이 이렇게 되는 경우가 허다하다. 당연히 코앞의 이익을 제치고 미래의 공동체적 안전을 생각해야 하지만, 이는 쉽지 않은 일이다. 그래서 과학 정책을 다루는 일은 어렵다. 연구자는 조급해하기보다는 여유를 가지고 관조하는 마음으로 살아야 한다. 여러 연구실에서 문제 해결을 위해 쉼 없이 바쁘게 연구하고 있는데, 가끔씩은 멈춰서서 생각을 다시 재정리하는 여유가 필요하다. 외부의 입장과 시선에서 바라보고 영감을 얻을 수 있도록 역사, 인문예술 쪽에도 관심을 가졌으면 좋겠다.

과거 우리나라의 역사에서 빛났던 시기를 꼽는다면 세종대왕과 집현전 학자들의 시대가 있을 것이다. 집현전, 지식과 지혜를 모아 융합의 길로 나아가는 나침반을 이렇게 명확하게 제시한 이름도 없을 것이다. 집현전에서는 끊임없이 토론과 논의가 이어졌

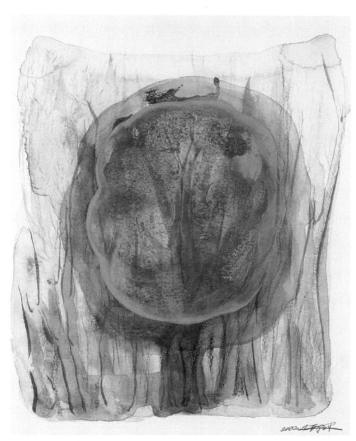

대덕연구단지가 대한민국의 과학기술을 바르게 이끄는 나침반이 되길 소망한다.

고 여기서 결정된 사안이 실행되었다는 것도 중요한 일이지만, 앞을 먼저 내다본 세종의 뜻이 반영되었다는 점이 주목할 일이다. 왜 그 목표에 도달해야 하는지, 지금 변화하지 않으면 어떤 유익을 얻을 수 없는지 세종은 주위 사람들을 일깨웠다. 엄청난 반대에 맞서면서도 많은 학자들의 공감을 이끌어내 한글 창제를 성공시켰다. 이는 집현전이라는 시스템과 세종의 리더십이 있어 가능했다. 현대에 강조되는 소통과 공감의 중요성을 600여 년 전에 이미 주장하고 실현한 것이다.

글로벌 기업 애플의 창업자이자 CEO였던 스티브 잡스(Steve Jobs)를 현대의 나침반 같은 인물로 꼽는 사람들도 있다. 창조적인 열린 사고로 앞장서서 보이지 않는 장애물들을 넘어 미래를 현실로 만들어준 사람, 새로운 세계를 열고 생태계를 창조하는 사람이었다는 점에서 세종대왕과 겹쳐지는 면이 보이는 것이 흥미롭다.

이러한 점들은 우리의 삶을 바꿀 수 있는 기술적인 도약의 계기가 올 때마다 과학자들이 추구해야 할 흐름이다. 과학기술이 제대로 올바른 방향을 잡아 흘러갈 수 있도록 우리는 겸손한 마음으로 정진해나가야 한다. 대덕연구단지는 대한민국의 과학을 이끄는 나침반이 되어야 한다.

출연연은 어디로

우리나라의 국가연구개발사업은 이제 정부 예산의 5% 가까이 이르고 있다. 이스라엘 다음으로 세계 2위의 **GDP** 대비 연구개발 투자국이 된 것이다. 그런데도 연구 현장의 연구자들은 연구를 수행하기가 더욱 어려워졌다고 한다. 수백억에 달하는 부처 사업이 어디에선가 기획되어 만들어지고 그 과제가 공모 절차를 거쳐 대부분 기획에 관여했던 사람들에게 연구비가 배분된다. 그러면 그 연구비를 받아온 사람들은 연구를 잘 수행할 수 있을까? 그들 역시 연구 수행의 어려움을 이야기한다. 직접 연구를 수행할 사람들을 확보하기가 어렵다는 것이다.

국가연구개발사업 체계에 근본적인 문제가 있기 때문이다. 무엇보다 국가연구개발사업은 여러 부처의 연구개발 사업 체제로 운영되는 것이다. 그러다 보니 연구비 배분이 복잡하고, 과제 선정 및 평가에 대한 기준이 명확하지 않은 것이 문제다. 국가연구개발 사업 프로그램 마련과 추진에 있어서 부처별 해당 부서를 통해 사업예산을 확보하기 때문에 행정관료의 영향력이 크다. 또 비전문가의 참여가 지나치게 많다. 과학기술 분야를 충분히 이해하는 전문가 중심의 종합조정 거버넌스를 구축하여 연구개발사업의 우선순위와 예산을 조정하고, 부처사업 간 유사성 및 중복성을 검토하는 국가연구개발사업 종합조정기능이 확실해야 한다.

그리고 어디나 그렇듯, 연구개발에서 가장 중요한 것은 사람이다. 우수한 연구원을 확보하고 그들이 연구에 몰두할 수 있는 연구환경을 조성하기 위한 정책 및 예산이 우선적으로 고려되어야 한다. 그동안 연구소에 있으면서 인건비를 어떻게 확보하느냐가 항상 큰 문제였다. 결국은 사람, 결국은 인건비인데, 인건비 문제는 제쳐두고 시설장비에만 투자하니 정작 사람을 구하기 힘든 것이다. 아직도 인건비를 확보하기 위해 많은 연구자가 국가연구개발사업의 연구비 배분 구조 속에서 어려운 연구 생활을 하고 있다. 국가연구개발비 예산이 효율적으로 사용되어 많은 연구원들이 필요한 사람을 구할 수 있고 연구에만 몰두할 수 있는 환경이 만들어져야 의미 있는 진정한 연구 성과가 나오지 않겠는가.

정부출연연구소(출연연)의 체제 개편은 정부가 바뀔 때마다 끊임없이 다루어지는 단골 이슈이다. 내가 그동안 연구소에 있으면서 가장 많이 들었던 이야기도 연구소 체제 개편이다. 산업화 시대에 우리나라의 연구개발을 주도하는 심장부였던 정부출연연구소(출연연)들은 1980년대 중반 이후 민간 연구개발이 많이 늘어나 국가연구개발에 대한 수요가 변화하고 산업체와 대학의 연구 역량이 확대됨에 따라 연구소의 정체성과 효율성에 대한 의문이 계속 제기되어왔다. 이와 같은 정체성의 위기와 함께 정권 교체 시마다 출연연 관련 새로운 제도가 시도되면서 출연연의 위상과 역할은 지속적으로 약화되어왔다. 무엇보다 연구과제중심제(Project Based System, PBS) 도입, IMF 외환위기 때의 정년 축소, 공공기관운영법에 의한 과도한 정부 규제 등은 연구환경의 안정성 훼손으로 우수한 연구원들이 연구소를 떠나게 만드는 현상을 초래하였다.

나 역시 출연연에 30여 년 근무하면서 출연연의 역할이 약화되는 현상을 우려하며 지켜보았다. 많은 동료 연구원들이 떠나는 모습을 보며 한동안 괴로운 시절을 보내기도 했다. 출연연은 우리나라의 어느 곳보다도 연구 기반이 잘 구축된 곳으로서 그 운영시스템을 잘 개선하면 출연연의 핵심 역량이 강화될 것이기 때문이다. 그래서 벽에 대고 얘기하는 느낌이 들더라도 기회가 될 때마다 뜻있는 연구자들과 함께 출연연의 혁신 방안을 논의하고 의견을 내기도 하였다.

정치권의 변화에 관계없이 출연연이 그 역할을 다하기 위해서는 출연연의 역할과 연구환경에 대하여 장기적인 생각을 공유해야 할 것이다. 탄소중립, 기술패권 경쟁 확대 등 대내외 환경 변화와 세계 과학기술 패러다임의 급속한 변화에 대응할 수 있는 각국의 전략적 연구개발(R&D)의 중요성이 커지고 있다. 이러한 때에 국가 과학기술 혁신의 주체로서 출연연의 역할이 그 어느 때보다 중요하다고 본다. 그러나 출연연은 앞서도 언급했듯이 정체성의 위기, 연구과제의 파편화, 연구의 중장기적 전략성 결여, 낮은 출연금 비중, 연구과제중심제(PBS)와 같은 산만한 예산제도, 부처의 통제적 관리 등이 초래한 연구현장의 사기 저하, 이에 따른 우수 연구원의 유출 등 여러 문제를 가지고 있다. 무엇보다 출연연의 발전적 변화에 가장 큰 걸림돌은 출연연의 체제와 연구비 예산 확보의 복잡성이다. 출연연 체제의 문제는 부처, 연구회, 연구소 등 각 주체의 역할 및 책임이 명확하지 않고, 정부 연구개발 전체에 대한 실질적인 총괄·조정 주체가 명확하지 않은 구조에 있다.

출연연이 국가연구개발사업의 주역으로 보다 효율적인 연구를 수행하기 위해서는 우선 출연연의 정체성을 확고히 하는 법이 있어야 한다. 국가연구개발사업을 책임지는 주체로서 '출연연의 사명과 역할'을 명확히 하는 것이다. 우리나라가 당면한 도전과 과학기술 미래 수요에 효율적으로 대응하는 중장기적·전략적 기술개발을 선도하고, 사회문제 해결을 위한 공공부문 연구개발과 산학연 연구개발 협력의 견인 역할을 수행할 수 있어야 한다. 아울러 출연연이 사명을 다하기 위해 필요한 것은 자율과 책임의 원칙을 지키기 위한 연구개발 철학의 법제화, 출연연에 맞지 않는 공공기관운영법 적용 배제와 같은 체제 혁신이다. 그리고 각 기관의 역할에 따른 적정한 예산 배분(PBS 개선), 핵심 연구 기능 강화와 이를 위한 우수 연구인력 확보 및 연구팀 구성, 합리적인 평가제도와 같은 운영 혁신이 확고하게 뒤따라야 한다.

특히 출연연의 발전을 위해서는 우수한 연구인력들이 끊임없이 원활히 유입되고 흔들리지 않고 연구에 전념할 수 있는 연구환경이 무엇보다 중요하다. 이들이 국가연구개발사업에 핵심적으로 참여함으로써 연구개발사업이 효율적으로 수행됨은 물론이고, 출연연이 과학기술 우수 연구인력의 저수지로서 이곳을 거쳐 다시 그들을 사회에 자연스럽게 공급하는 역할을 하게 될 것이라고 본다. 국가를 위해서도 출연연의 핵심 역량을 강화할 수 있는 이러한 방안들에 대한 현실적 검토가 하루빨리 이루어져야 한다.